故事里的琅琊山

GUSHILI DE LANGYASHAN

张国富　著

全国百佳图书出版单位
时代出版传媒股份有限公司
黄山书社

图书在版编目(CIP)数据

故事里的琅琊山 / 滁州市文联编；张国富著 . —合肥 : 黄山书社，2021.1

ISBN 978-7-5461-9496-7

Ⅰ . ①故… Ⅱ . ①滁… ②张… Ⅲ . ①随笔—作品集—中国—当代 Ⅳ . ① I267.1

中国版本图书馆 CIP 数据核字（2021）第 002117 号

故事里的琅琊山 张国富 著
GU SHI LI DE LANG YA SHAN

出 品 人 贾兴权
责任编辑 向 焱
责任印制 李晓明 李 磊
装帧设计 钱志刚
出版发行 黄山书社(http://www.hspress.cn)
地址邮编 安徽省合肥市蜀山区翡翠路 1118 号出版传媒广场 7 层 230071
印 刷 永清县晔盛亚胶印有限公司
版 次 2023 年 1 月第 1 版
印 次 2023 年 6 月第 3 次印刷
开 本 700 mm × 1000 mm 1/16
字 数 154 千字
印 张 13.75
书 号 ISBN 978-7-5461-9496-7
定 价 52.00 元

服务热线 0551-63533768
销售热线 0551-63533788
官方直营书店(https://hsss.tmall.com)

总 序

滁州雄峙皖东，襟江带淮，春秋时期即为吴头楚尾之地。自隋开皇三年（583年）设州至今已1400多年，有“金陵锁钥、江淮保障”“形兼吴楚、气越淮扬”之誉。千百年来，长江文化、淮河文化、淮扬文化在这里交融传承，形成了滁州开创性、开放性和包容性兼备的文化特征。这些文化特征，孕育了滁州丰富多元而又有自身独特魅力的文化森林。

滁州人文荟萃，底蕴深厚。西晋末年，琅琊王司马睿由此东渡，建立东晋；五代后周，赵匡胤在此击败南唐主力，奠定北宋帝业根基；元朝末年，朱元璋肇建“滁阳一旅”，开创大明王朝。鲁肃、徐达、戚继光、憨山、吴敬梓、吴棠、章益等诸多名人光耀故里。唐宋年间，韦应物、李绅、李德裕、王禹偁、欧阳修、辛弃疾等文学家、政治家先后治滁，留下德政遗风和《滁州西涧》《醉翁亭记》等千古华章。明朝中期，一代儒学宗师王阳明任太仆寺少卿，讲学滁州，“儒风之盛、夙贯淮东”。

滁州敢为人先，具有光荣的革命传统。抗日战争时期，滁州是全国19个抗日根据地之一，刘少奇、罗炳辉、方毅、张云逸等老一辈革命家在此留下了光辉的战斗足迹。1978年，凤阳县小岗村18户农民首创农业“大包干”，揭开中国农村改革的序幕。历经四十多年的改革开放，滁州积极融入长三角，经济社会发展取得长足进展，主要经济指标稳居全省前列。

为弘扬和传承地域文化，由滁州市委、市政府提出，市委宣传部牵头，市文联组织创作了《滁州文化丛书》，收录的 8 本作品逾 150 万字，多角度讲述滁州文化故事，力求深层次挖掘滁州文化底蕴、展现滁州文化魅力。《醉翁亭畔话醉翁》以通俗活泼的文字勾勒了欧阳修在滁州为官两年多时间里的生动图景，深入发掘醉翁文化的当代价值。《朱元璋与淮西集团》重点描绘朱元璋与跟随他起兵的淮西籍（主要为现滁州市地域）将臣的卓著功勋、恩怨情仇，突出了“滁阳一旅”在朱元璋军事生涯中的独特作用，是朱元璋与凤阳、滁州故土关系的全新视角，史料翔实，逻辑严密。《王阳明在滁州》描写了王阳明在滁州任南京太仆寺少卿期间，广纳弟子，传授“心学”的脉络轨迹。晚清名臣四川总督吴棠，是从滁州走出的“天下知名淮海吏”，《封疆大吏吴棠》一书，依据大量的文献资料和吴氏宗亲的口述，对吴棠一生的功绩及吴棠故居做了详细介绍，很多资料、图片为业内首次披露。章益与其父章心培，均为滁州文化名人。他于 1943 年至 1949 年间出任国立复旦大学校长，将复旦大学完整地交给了新中国。《国立复旦校长章益》叙写了章益的生平事迹、学术成就等。《故事里的琅琊山》汇集了琅琊山说不完的故事，帝王将相、文人墨客、一木二瓦、片石半碣，都在传达这座滁州名山的文化情愫。滁州古建筑是滁州文明史的实物见证，是和古人对话的重要通道，《滁州古建筑的前世今生》一书，介绍了滁州市代表性古建筑，希望能让读者追书而行。《滁州民俗面面观》一书则介绍了滁州文化中积淀的岁时习俗、信仰习俗、生活生产经营习俗、婚育寿庆习俗等，对了解江淮地区民风民俗及其流变具有重要意义。

丛书的作者都长期致力于滁州地域文化研究，他们积极搜集资料，广泛开展田野调查，潜心开展创作，力求以最切合的形式，将作品的文化内涵表达完整，故事讲述生动活泼。书稿完成后，我们又先后聘请了刘思祥（安徽省社会科学院人物研究所原副所长、副研究员）、倪阳（滁州学院原党委副书记、市地情人文研究会会长）、许恒贵（滁州市委党史和地方志研究室副主任）、卜平（滁州市政协原调研员、章益生平研究专家）、骆跃泉（滁州市委党校总务处处长、市地情人文研究会副秘书长）、贡发芹（安徽省文史馆特聘研究员、明光市政协文史委主任、吴棠研究专家）等专家对8部作品分别进行审读，提出修改意见。在此，我们向各位作者、各位专家表示衷心感谢！

习近平总书记说："要讲清楚中华优秀传统文化的历史渊源、发展脉络、基本走向，讲清楚中华文化的独特创造、价值理念、鲜明特色，增强文化自信和价值自信。"同时强调，"在历史进程中凝聚下来的优秀文化传统，决不会随着时间推移而变成落后的东西。"《滁州文化丛书》的创作出版，正是践行习近平总书记讲话精神的具体体现。希望这套丛书能够继续延展下去，将滁州优秀历史文化不断发扬光大。

是为序！

《滁州文化丛书》推进工作领导小组

2020年12月23日

我的琅琊情缘（代序）

我与琅琊山，结缘七十年。这七十年的情缘，最初是在曾经的荒年饥馑，体力不支的劳作，筋骨与山石、皮肉与草木的密切厮磨中凝结起来的。

在滁州，和我年岁相仿的人几乎全都有类似的经历和情感。那个年代的那一代人，真是“穷人的孩子早当家”。春荒时节，母亲们带着五六岁的孩子上山挖野菜，常常是漫山遍野的青绿中，已经找不到一棵植物可以裹腹充饥。孩子们七八岁的时候就结伴上山打枣，头上倒扣着一只篮子，快乐地一路撒欢喊叫。枣树上长满了尖锐的刺，每一颗枣都得从刺窝里摘出来，篮子满了，两只手也血肉模糊了。再长大一点就不打枣而是砍草了，若是一不小心割破了手、腿，就自己抓一把泥土按上；扁担磨破了肩膀，找一块毛巾垫着照样挑。

真的不要以为这是多么深重的苦难，不是的！那时候的孩子整天快乐得很：渴了有清凉的山泉，累了有浓密的树荫，热了有凉爽的山风。没有委屈，没有抱怨，更没有在父母面前的装孬哭诉。相反，只有对自己力不如人、技不如人、勤不如人、劳动收获不如人，不能为父母、家庭多分担一点责任，而深感自责和愧疚。

琅琊山就是这样编写着我们青春的密码，演示着我们的心性和灵魂的程序。

1966 年夏天，我 16 岁，初中三年级毕业，“文化大革命”开始了。

1968 年秋天，我 18 岁，与所有的“老三届初中、高中毕业生”一样，被冠以“知识青年”的光荣称号，下放农村，插队落户。

再见了，我的琅琊山！

再见了，磨砺我成长的砥石、锻炼我成人的锤砧！

我不知道未来的人生将会漂泊何处，但是我把“感恩”藏在了心底。

带着这份“感恩”，带着琅琊山为我特殊锻造的强壮体格、无所畏惧的气魄和笃实忠厚的心性，我插队到了一个村庄。村里的农民几乎认不出来我是一个学生，因为所有的农活早已都不在我的话下。

1970 年，我下放的第二年，就被首批招工返城，进厂成了“工人阶级”。这个幸运真的不知道从哪里来？我只有在心里默默地感恩，感恩曾经的饥馑，感恩养我活我的琅琊山！

那年，我 20 岁。在后来半个世纪的时光里，我与琅琊山更是“过从甚密”，不是为了饱暖，而是将它当做恩人和长者，去崇拜，去请教，去亲近。

到了 20 世纪 90 年代以后，劫后余生的琅琊山开始了新的一场轮回。小草欣荣，万木复苏，百废待兴——增旧制，添新景，开新篇，唱新歌，赋新诗，著新志。啊！我的琅琊，岂止仅仅是野菜酸枣、药材茅草！原来竟是一座富藏无比的文化宝库，它有佛、有儒、有道；它有韦应物、王禹稱、范仲淹、欧阳修、王阳明；

它有千年阳冰篆、千古清流关、天下第一亭……于是，我明白了，作为一个土生土长的滁州人，我应该怎样报答我的琅琊山！

于是，二十年前我写作了《千年古刹琅琊寺》；十年前我写作了《琅琊文化趣谈》《安徽名山志·琅琊山卷》。如今，我已是一个古稀老人，但是我仍在“处心积虑”地想着，怎样努力写作一部《琅琊山》的书，能够更加全面、生动、有趣地讲一讲“琅琊山的故事”。

题 记

滁州的琅琊山，面积为115平方公里（国务院批准的规划面积）。其中，以琅琊寺、醉翁亭为核心的主景区面积大约为8平方公里。

“琅琊山”的名字是怎样来的呢？查历代各类史志、碑碣等资料，全都一致不二地说：“晋元帝初为琅琊王，驻跸是山。”这短短的十几个字，却涵盖了从西晋灭亡到东晋建立几十年之间的许多重大历史事件。其中的许多故事，我们将在后面的篇章里详细叙说。公元318年，琅琊王司马睿在金陵登基称帝，正式建立了东晋王朝，史称“晋元帝”。

司马睿从“琅琊王”到“晋元帝”，并不是天赐福祚，也不仅仅是司马睿这一代琅琊王的历程，而是从司马睿的爷爷——老琅琊王司马伷开始，经过三代“琅琊王”的老少爷们，在金陵之江北的这片荒山野岭，苦心经营，韬光养晦，最终才成就了帝业。滁州的琅琊山因为琅琊王司马睿的黄袍加身，在东晋一朝被视为“晋元帝的发祥圣地”，可谓实至名归。

从公元318年起，琅琊山开始有了名字，从此，也就有了生命，有了慧性，同时也开始有了“琅琊文化”的滥觞。到如今，1700回的冬去春来、1700次的花落花开，使琅琊山蓄积了说不完的故事。涵煦千年的诗文蕴藉，滋养着山里的花草树木；南来北往的文豪迁客，留下了遍地的雪泥鸿迹。当你彳亍在蜿蜒的小路上、漫步在淙淙的溪涧旁，请你慢慢地走、静心地听，山里的一草一木、一石一碣，乃至一砖一瓦，都会向你讲述各种有趣的故事——历史的故事、景物的故事、人物的故事、传奇的故事、艺文的故事……

琅琊山就是这样一座有故事的山。

目　录

人物故事

传奇故事

艺文故事

附　录

滁州文化丛书

CHUZHOU WENHUA CONGSHU

历史故事

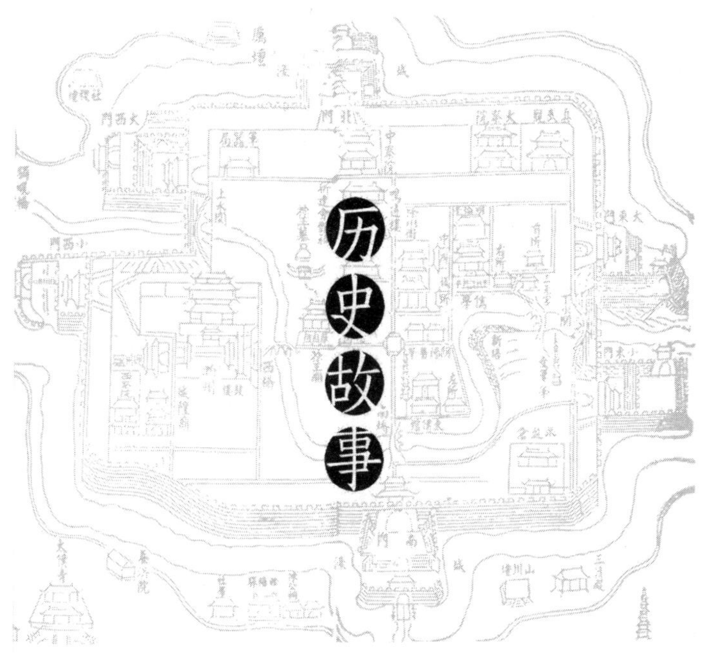

明代滁州城图

琅琊山的山名由来

方圆 115 平方公里的滁州琅琊山，素有“江淮翡翠”之称。山境内，千峰浮翠，葱郁苍茫。山峦耸峙而特立，幽谷窈然而深藏。蔚然深秀，曲径通幽。但是若追寻“琅琊”之名的由来，透过时空的烟云，我们的眼前则会呈现出一幕幕金戈铁马、狼烟烽起的历史风云画面和扑朔迷离的历史故事。而所有真真假假、虚虚实实的一切，都与一个家族——魏晋门阀司马氏密不可分。

据历代《滁州志》和《琅琊山志》记载，滁州琅琊山的山名是得之于两晋时期的“司马氏琅琊王”。

民国初年，琅琊寺住持僧达修在他主编的《琅琊山志》序言中说：

> 琅琊山，东晋元帝驻跸之所。

这部山志的主撰者、滁州乡贤章心培在序言中也说：

> 吾滁之有琅琊山，以东晋琅琊王得名。

唐代散文家独孤及在他撰写的关于琅琊山的一篇散文《琅琊溪述》中说：

> 晋元帝居琅琊邸，其为镇东也，尝游息是山，厥迹犹存。

唐代的《宝应寺碑》上铭刻的是：

> 东晋元帝，初为琅琊王嗣，以逃难浮江回翔于此。

宋代初年的文学家、滁州知州王禹偁留题《琅琊诗注》云：

春到琅琊寺

> （晋）元帝为琅琊王，渡江尝住于此。

明代主修元史的宋濂，于洪武八年（1375 年）陪同皇太子去中都（凤阳），途经琅琊山，撰写了一篇《琅琊山游记》，文中说：

> 臣闻琅琊山在州西南十里，晋元帝潜龙之地，帝尝封琅琊王，山因以名。

除以上例证之外，还有其他散见于各类史志文献的记载，对于“琅琊山因为晋元帝驻跸而得名”的说法是完全一致的。所以，我们要追寻“琅琊山”山名的由来，首先应该对三国末年曹魏政权被司马氏取代，到西晋末年的“八王之乱”和“衣冠南渡”等重大历史事件有一个大概的了解。

三国末期，曹魏国有个叫司马懿的人，大家都很熟悉，就是舞台上的那个皱纹很深的大白脸。他从小喜欢学习，善于钻营。成年后参军当了个下级小文官。曹操听说这个识文断字的青年人有些才华，就想培养他。不料司马懿却不给面子，不上“杆子”。曹操心知肚明，这小子是在“故作清高”，想“撇清自己”。因为曹操的父亲曹嵩是大宦官曹腾的螟蛉子（即养子），史书称“赘阉遗丑”。在那个门阀制度极盛的时代，这种“不承情的表演”也是必需的。曹操对此不但不计较，反而更想驯服司马懿为己所用。于是“强辟司马懿为文学掾”。这可是两个顶级的政治家在较量。两个“大白脸”各自表演，配合默契，心照不宣。结果，司马懿终成曹操信任的大红人。

曹操封魏王后，提拔司马懿为太子中庶子，并以帝师的身份辅佐太子曹丕登上帝位。曹丕临终时，又下旨要司马懿给魏明帝曹叡当辅政大臣。明帝死时，托孤于司马懿和曹爽，让其当幼帝曹芳的顾命大臣。但是曹爽仗着自己是“曹家人”“骨肉亲”的身份，一再挤兑司马懿。终于，司马懿在魏正始十年（249 年）毅然发起“高平陵兵变”，一举控制了京都洛阳。自此，曹魏的军政权为全部落入司马氏手中。

司马懿活到73岁去世,为他的儿子、孙子开辟了晋王朝的天下,所以他被追尊为“高祖宣皇帝”。从此以后的 150 多年，天下江山就尽为司马懿家所有。

司马懿有四个老婆，九个儿子，孙子数不过来。其中司马师、司马昭是宣穆皇后张春华所生。第五个儿子司马伷,是伏夫人所生。从三国、曹魏到西晋,这三个儿子都算得上是知名人士、风云人物。司马师掌控了曹魏的大权以后，就自立为“晋王”。但他中年去世，由其弟司马昭继称晋王。著名的成语故事“司马昭之心路人皆知”，就是司马昭导演的篡权闹剧。司马昭把他的儿子司马炎推上了皇位，号“晋武帝”，正式开启了西晋王朝的统治。

“庶出”的司马伷,在司马家族中无论文才武略还是品行人望,都出类拔萃。还在曹魏时期，年轻的司马伷就因战功受封为宁朔将军、征虏将军、东武乡侯等功勋爵位。西晋建立后，获封东莞郡王（今山东临沂市沂水、吕县一带）、抚军将军，后拜镇东大将军，加封琅琊王。

年轻时，司马伷还写作了一部八卷本的军事战略著作《周官宁朔新书》（后散佚）。

在西晋初年的伐吴战争中，司马伷官拜征吴大元帅。在东吴向西晋投降的仪式上，吴后主孙皓“黥面缚榇”（用锅灰把脸抹黑，抬着棺材）过江向司马伷奉献“吴皇玺”。受降地就在金陵（今南京）清凉山、石头城隔江的北岸，实际上也就是现今滁州的琅琊山。因为琅琊山是天然的“金陵门户”“石城锁钥”“扼冲江淮，势控东西南北”，所以，司马伷把指挥调度五路伐吴大军的大本营安扎在这里是必然的。

弄清了这个地理形势，我们也就能大体知道，“司马伷率军出涂中”这句话的战略意义和司马伷在灭吴战役中的指挥作用。“涂中”一词，源于三国鼎立时期，东吴皇帝孙权在江北征发 20 多万军民开挖的人工渠道“涂塘”（我们把“涂”字拆开，在“水和余”两个偏旁之间加一个“阜”字，就是“滁”字。“阜”的本意是山冈、冈丘的意思）。在堪舆方士、地理学家的眼里，琅琊山乃是一道“江淮分水岭”。岭北坡的水流向淮河，岭南坡的水流向长江。琅琊山的南坡，有清流河、沙河、滁河、池河、来河、汊河、襄河等水流，七弯八绕，最后都流向了长江。但是那时候只有“涂”字而没有“滁”字。因为“滁州郡”直到隋朝大业九年（613 年），才正式置郡得名，而此时距东吴灭亡已经是 300 年之后的事了。

司马伷（227—283 年），字子将，57 岁英年早逝，谥号“琅琊武王”。他一生文韬武略，宽厚仁义，自奉简约，而且事亲至孝。他去世时唯一的要求就是死后葬在生母伏氏夫人的墓旁，永远为母尽孝荐福。

司马伷死后，“琅琊王位”由儿子司马觐袭封。但是这个司马觐的人生志趣与其父大相径庭。他对王位毫无兴趣，只喜欢与当时的“名士”们混在一起，整天沉迷于“诗酒药石”，所谓“药石”，俗称“散”，人吃了以后浑身燥热，要辅以寒食、寒衣、寒卧等来“散发”，表示“名士风度”，实际上是毒瘾发作。这样疯疯癫癫的状况怎么能行呢？于是，“琅琊王”的王位就由司马觐的儿子司马睿承袭了。那年司马睿才 14 岁。

司马睿（276—323 年），字景文，就是后来的东晋王朝的开国皇帝晋元帝。他性情温和柔缓，寡言少语，雍雅安静。他袭封琅琊王不久，西晋朝廷就爆发了历史上著名的“八王之乱”。

什么叫“八王之乱”？简单地说就是司马氏家族的内乱、窝里斗，而最终败亡了西晋王朝。晋武帝司马炎即位以后，大肆分封了几十个司马氏的兄弟子侄为各个地方的藩镇国王侯，给他们兵权、财权、任免权，指望他们像众星拱月一样贴心地捍卫中央政权。但是自古“无情最是帝王家”，尤其是西晋的这些“王”们，清一色的“窝里鸡”，最擅“窝里斗”。嘴上说的都是“大爷婶子”“哥们好”，但实际上都是“白眼狼”。

公元 290 年，54 岁的晋武帝司马炎去世，把皇位传给了弱智的儿子司马衷。司马衷哪有能力执掌朝政呢？于是司马衷的老妈杨太后当然要帮上一把。杨太后又有什么资质执掌大权呢？杨太后的老爸叫杨骏，是当朝的太傅尚书、宰相、一品大员。理所当然、当仁不让地“把重担挑了起来”。于是杨家人在朝堂内外进进出出，洋洋得意，呼风唤雨。

而这样一来，就惹恼了司马衷的老婆贾南风。她现在已经从“太子妃”熬成了名正言顺的“贾娘娘”了！你杨家人掺和个啥呀？

再说还有她老爸贾充在朝堂上撑着半边天呢。贾充曾经官居太傅，皇帝的老师，为老皇帝正位出过大力气的。就说现在这个弱智皇帝，若不是老丈人“作伐”，怎能娶到如花似玉的贾南风呢？所以贾充完全有资格不把杨骏放在眼里。

但是宫墙内一闹，宫墙外的各路“王”们更是“是可忍孰不可忍了”！他们早就急得嗷嗷叫：“你姓杨的算老几呀！”于是，不等贾娘娘的口谕，其中的一个楚王叫司马玮的，带着兵就杀进宫来，把杨家一族祖孙三代几百口人杀得干干净净。

这司马玮为何胆敢擅闯宫禁？原来他是新皇帝司马衷“情同手足”的亲弟弟啊！不料，司马玮杀完了人却不走了：“亲哥哥家嘛，想住几天就住几天！”这时，贾南风不乐意了：“这条癞皮狗！”于是，贾娘娘又调来司马亮，杀了司马玮。而这司马亮进了宫，也做起了白日梦，不想走了。于是贾娘娘又调来成都王司马颖杀了司马亮。又调司马越……以致宫廷门前，隔三差五杀得人头滚滚，血流成河。而这仅仅是“八王之乱”的第一阶段。

第二阶段是从赵王司马伦囚禁晋惠帝司马衷开始。这司马伦论辈分乃是司马衷爷爷辈的叔祖，倚老卖老，闯进洛阳宫就把司马衷囚禁了起来，然后凭着兴趣任意下旨，打压的打压，提拔的提拔，嘚瑟得不行。其他那二十几个司马王一看这个老东西竟然如此胡作非为，谁还安分守己？什么亲不亲、家不家？要败家一齐都来败吧！于是，从朝堂禁宫，到郊野江湖，司马家的人像被捣了窝的马蜂，逮谁蜇谁，西晋江山天昏地暗，鸡犬不宁。

“八王之乱”从公元 291 年打到 306 年，这时候的司马睿已经是 20 多岁的成年人了，而且袭封琅琊王的爵位也已经十多年了。

琅琊王一支却从没参与过什么“讨伐”之类的行动。后来，司马睿接了一道圣旨，派他去征讨成都王司马颖。司马睿觉得圣命难违，便集结了军队，校场点兵。哪知刚刚出发，突然来了一个不速之客，拦在司马睿的马头前，笑道：“景文兄此行差矣！”

司马睿在马上探身一看，惊喜地叫道：“啊，茂弘兄，久违了！”说着翻身下马，两人拉着手久久不放。

这个叫茂弘的人原来是司马睿的少年好友，名叫王导。可巧的是，他俩竟是同年同月生。

司马睿说：“我俩大约有十多年没见了吧？”

王导说：“是的，自你加官晋爵，直到今天，我还没有向你道喜呢！”

司马睿说：“何喜之有？羁绊尔！”

王导说：“这倒也是，你的令尊大人如今真的像神仙般逍遥自在了。”

司马睿说：“我本无心求富贵，奈何富贵逼人来。有了官职，就身不由己啊！……对了，你刚才说此次不宜出行是何意思？”

王导笑道：“君子不窥牖而见天道，不出户而知天下。司马颖何用你去收拾？北方塞外那些胡人的鬼头刀从来都不是吃素的。他们几千里奔袭，根本不带军粮。他们早就看准了成都那块肥肉。如今中原一乱，正是他们大举进攻的好时机。司马颖在他们的鬼头刀下还不是砧板上的一只老母鸡！”

司马睿听得两眼发直——

王导说：“五胡乱华，乱华的何止五胡？整个北方生灵涂炭！一些衣冠楚楚的世家门阀望族们，纷纷集体南逃，投奔江东逃命。

而整个吴越半壁江山也同样是暗无天日啊！”

司马睿问：“此话怎讲？”

王导说：“东吴灭亡已经30多年，至今还没有皇帝，没有皇帝哪有家国？天上怎可没有太阳、星星、月亮呀！”

王导看着司马睿，叹了口气说：“这十多年来，我冷眼看着‘天下攘攘’，心里总在想，人生天地之间，横竖都是一死。既然天生你我俊逸之才，为何不能轰轰烈烈地干它一番利益天下苍生的大事业呢？即使天不佑我，也应活得轰轰烈烈光光鲜鲜，那时离开这个世界，也算死而无憾了！”

这王导，乃是魏晋时期一个堪比三国诸葛亮的世家公子，一表人才，眉清目秀，温文尔雅，满腹经纶。而司马睿从没听人讲过这样的言论，一时无语，只有木木愣愣地站着听。

王导对司马睿说，这几年，他到江东游历了一番，那可是大好河山啊！而他每到一地，都能听到民谣在唱：“王与马，共天下……”还有什么，“五马渡江，一马成龙……”等等。什么意思呢？司马睿不懂，王导也没再解释。反正那是江南的民谣，或许与他们有关系的吧。

两人骑在马上，边走边说，简直有说不完的知心话。两匹马并辔而行，似乎也懂得主人的心，不紧不慢地溜达着，不知不觉走到一座山下，司马睿四下一望，笑道：“到琅琊山了！”

王导说：“太好了！都说‘老马识途’，岂知骏马更识人心啊！走，去你的琅琊邸，咱们小酌两杯，下下棋、弹弹琴、写写字，做一回山中隐士，岂不快哉！”

须知，这个王导乃是是东晋右军将军、书圣王羲之的叔叔。

当年，王导的书法也曾蜚声遐迩，而且有《省示帖》《改朔帖》传世。

邸，乃是高级官员、重要人物的住所、寓所，如官邸、府邸、上邸等。

而琅琊山的这座司马官邸，乃是老琅琊王司马伷所建。司马睿袭封“琅琊王”继续住在这里，乃是顺理成章之事。

但是如今琅琊邸早已经没有任何痕迹了。只是《琅琊山志》上还有一句话：

> 晋元帝居琅琊邸，其为镇东也，尝游息是山，厥迹犹存。

这话是唐初人说的，可见那时候还有“琅琊邸”的遗迹存在。但是，从西晋末到中唐，已是300多年；而从唐代大历年间到现在，又是1300多年过去。

从东晋开始，直到今天，近2000年的文明开发进程中，如今的琅琊山，以它的天生丽质和深厚的文化涵养，早已站在了全国名山的前列，曾有过“中国二十四大名山之一”的美誉！

琅琊寺的寺名传衍

琅琊寺是琅琊山的灵魂!

琅琊山自从有了琅琊寺，才有了文化的滥觞和泉流；有了琅琊寺，才有了前贤的足迹和吟咏；有了琅琊寺，琅琊山才能钟灵毓秀，才被誉为文化的宝库；有了琅琊寺，琅琊山才充满生命的活力和朝气。就像一个人，无论四肢五官长得多么健美漂亮，如

琅琊寺大雄宝殿的前庭全景

果没有灵魂、没有文化，只能是僵化的躯体和空心外壳。只有文化的教养和蕴藉，才能让人散发出智慧的光芒。

如果我们溯本求根，“寺”字的本义乃是“官署”。如古代的“鸿胪寺”，是中央管理文化教育礼仪的机构；“大理寺”是中央的最高审判机关。滁州去年重建的“南京太仆寺”，就是明朝中央管理马政的机关。而“庙”（廟）字的本义则是朝廷的会议大厅、议事大厅、行政大厅。范仲淹的《岳阳楼记》里有一名句：“居庙堂之高，则忧其民”，意思是在朝廷里当官，要想着老百姓的痛苦，多为老百姓排忧解难。但是后来，“寺庙”一词的词义渐渐缩小，变成了专指祭祀祖先、供奉神祇，烧香磕头的场所。

琅琊寺坐落在滁城西南约十华里“林壑尤美”的琅琊山坳。山势呈“门”形，坐西朝东，山门遥遥正对滁城。以前的山门两边有一副巨大的对联：“诸恶莫作，众善奉行。”所以，滁人历来对琅琊寺有一种崇奉之感和虔诚顶礼之心。

琅琊寺始建于唐代大历六年（771 年），是琅琊山中最早的建筑，到如今已经是 1200 多年了。这个年岁在中国现存的佛教寺庙中也寥寥无几，为数不多了。虽然年湮代远，沧海桑田，但幸运的是当初建寺时的缘起、经过、人物、传说、诗文、碑碣遗迹等仍有资料可寻。正像（旧时）天王殿的一副楹联所写的那样：“古寺犹存明季石，山门尚有建康砖。”

1200 多年的风雨岁月，琅琊寺虽然仍在原地屹立着，但是，它已经历劫重生了好几回。在这个漫长的过程中，仅仅它的名称就更换了四次。

第一个寺名——宝应寺

公元 762 年是唐代宗宝应元年，唐代宗是唐玄宗的嫡孙，名叫李豫，在平定安（禄山）史（思明）叛乱的过程中，曾任兵马大元帅，一举收复长安、洛阳、郑州等重镇。此后又部署军队进一步荡平了叛军余孽。至此，历时八年的“安史之乱”胜利结束。时年 52 岁的诗人杜甫，为迎接胜利还写下了一首著名的律诗《闻官军收复河南河北》：“剑外忽传收蓟北，初闻涕泪满衣裳……漫卷诗书喜若狂，青春作伴好还乡……”此时，李豫在朝野内外赢得了很高的声誉。众望所归，当上了唐朝的第八任皇帝。之后，他锐意改革，养民为先，宽政减负，制定了一系列的措施。而且其本人品行端正，忠孝仁义。大唐气象有了复兴的气象。

公元 766 年，天下重新安定，再现升平气象，朝廷更改年号为“大历”。而李豫对佛教的兴趣也越来越浓，喜欢在各地敕建寺庙。五年之后的大历六年（771 年）的一天早晨，李豫一觉醒来，发现龙案上铺着一幅画图。太监告诉他，是滁州刺史李幼卿送呈御览的《滁州琅琊寺施工设计图》。李豫便饶有兴趣地观看起来。看了几眼便感到，这幅图纸上画的山形地势、设计布局、亭台楼阁，怎么越看越熟悉呢。再仔细一想，原来这几天夜里自己总是做梦，在寺院里随喜参拜，而寺院的殿宇格局与这图纸上竟然一模一样！

李豫心情大好，提起笔来端端正正地写下了“宝应”二字。

这两个字的题词有两层含义：一、“宝应”是自己 5 年前平定安史之乱，被众人拥戴，隆登大宝时的年号，极有纪念意义。二、这幅寺院的设计图与最近几日夜里的梦境一模一样，真是应瑞吉祥的好兆头啊！

站在一旁的太监察言观色，见皇帝龙颜大悦，小心地问：“宣？”

李豫大声道：“速宣！”

于是太监捧着图纸出去，宣召滁州刺史李幼卿“接旨”，大声宣说：“皇帝诏曰：敕建滁州琅琊寺，寺名‘宝应’。宜速速竣工，以报天恩！”

李幼卿领了圣旨，急速赶回滁州，向山上的住持法琛和尚报告了这一特大好消息。择日动工之类的事务，自不必赘述。

李幼卿，字长夫，在滁州任刺史职。刺史是唐代州郡一级地方最高长官的官称。他在京城的官职是太子庶子，是个管理皇族子弟文化教育的官职，正四品。

很快宝应寺落成，一时名传遐迩。当时，各界名流、官吏、文士，如鲫而来，给琅琊山留下了最早的一批文章、诗赋，以及摩崖碑刻等文化瑰宝。如当时的宰相、散文家崔祐甫，写下了最早的《宝应寺碑》碑文，成为研究琅琊山、琅琊寺最珍贵的原始资料；李幼卿的好友、散文家独孤及写下了《琅琊溪述》一文；宦游官吏皇甫冉、皇甫曾、柳遂、赵元阳、刘约、卢宏轩、钱可复、李阳冰，以及此后的韦应物等等，名士文人不可悉数，也都来山流连观景、吟诗作赋、参佛访道。

主雅客来勤，这些当时的名流贤达纷纷慕名来访，当然是被主人李幼卿的才学名望所感召。而李幼卿也不负众望，写下了关于琅琊山寺的第一首诗，并且摹刻于崖，虽经1200多年的风雨侵蚀，字迹依然清晰可辨。

这首诗的题目叫《题琅琊山寺道标道揖二上人东峰禅室》，题文计130字，竖16行，八分书，摩崖面积62厘米 ×40厘米。

这是琅琊寺保存最早的一块摩崖。与其两边的另外两块摩崖共称“宝唐三碑”。2011年，滁州地方志办公室出版了一部《琅琊山石刻》，此摩崖拓片位列卷首，碑文的百分之八十的字迹笔画都还清清楚楚。

“宝应寺”的寺名，一直沿用到公元960年，历时大约200年，直到有宋一代才改换。

第二个寺名——开化禅寺

琅琊寺的第二个寺名是大宋朝的第二届皇帝宋太宗赵光义钦赐的。

宋太宗为琅琊寺赐名的时代和社会背景比较复杂。我们只能简单地择其与滁州和琅琊山有关的故事说一说。

大宋朝的开国皇帝是宋太祖赵匡胤。之前，赵匡胤曾任后周国周世宗柴荣的“殿前都点检”，是禁军部队的总指挥官。而这个职位原先是由老将张永德担任的。但是活该张永德倒霉，在一次行军途中突然有人发现一块木板，上面火烙了五个大字“点检做天子”！一时军中哗然，这还得了？这可是“谋逆篡位啊”！张永德立即向柴荣汇报解释。哪知事情越描越黑。本来张永德已经位高权重，功高震主，柴荣对他早就有所忌惮。现在从天而降了这块木板，你叫柴荣心里如何得安？

于是，柴荣罢免了张永德，提拔了年轻的赵匡胤。当时，淮河以北的大片领土都已属于后周，柴荣便一心想着吞并江南。五代十国时期，中国以淮河为界，北边称“五代”，南边称“十国”。金陵的南唐国，是李唐的余绪。南唐中主李璟亦知柴荣久有此心，便在琅琊山修筑了“清流关”以御北师。公元956年，赵匡胤率领三千禁军，趁夜奇袭，一举击败了15000人的南唐守军。

拿下了清流关，柴荣率军向滁城进发。途经宝应寺时，柴荣一时兴起，想要进寺看看。这柴荣一生厌恶佛道。历史上的“三武一宗”灭佛事件，“一宗”就是周世宗。在他当政期间，拆除的寺庙达三万多座，遣返还俗的僧尼近百万人。大量的钟磬云板等金属器皿，都熔化铸造成钱币。而琅琊山的宝应寺为什么还能存在呢？因为柴荣的政策规定：凡是历代皇帝敕建的寺庙一律保留。宝应寺是唐代宗李豫敕建的，符合保留政策。

且说当时柴荣进了寺院，见一老僧在烧锅做饭。老僧见了柴荣也不跪拜，只是对柴荣张着嘴，用手指着口腔。柴荣仔细一看，原来老僧的口腔里没有舌头。老僧又指了指锅灶、柴火和烧过的草木灰，然后意味深长地含笑点了点头。一时间大家都搞不懂老僧是什么意思。但是站在赵匡胤旁边的赵普看懂了，悄悄地说：“老僧的意思是‘柴不入滁（厨）’啊！”（这是滁州民间广为流传的一句俗谚）赵匡胤听了忽有所悟。

正在这时，忽听有人大喊：“失火了！……”众人四下张望，果见寺院里烟雾弥漫，火光冲天。但是转瞬之间又熄灭了，云开、雾散、日出，只是老僧不见了。有人传说，那阵火光乃是接引老僧往生极乐的。又有人传说，老僧在此是专门等候柴荣，为他指点迷津的。

柴荣心里闷闷的，也不敢说什么，只得叹息了一声：“此僧真乃火中红莲也！”本来，柴荣安排的是，清流关大捷后，他要以胜利者的姿态率军入城，接受全城百姓的“箪食壶浆，夹道欢迎”。

但是听赵普那么一说，像泄了气的皮球，没劲了。而更让他预料不到的是，时隔不久他竟然一病不起，只得无可奈何地给未成年的儿子和遗孀安排将来的活路。

接下来的故事，就是赵匡胤表演了一出“陈桥兵变、黄袍加身”的闹剧，像打太极拳似的，一个“揽雀尾”就把大宋江山握在了掌心。不过赵匡胤还是很讲良心的一个“接班人”，他下诏嘱咐新朝的各级官员，一定要优待柴荣的后人，哪怕他们是犯了谋逆大罪，

原山门

也只能秘密处置。这里面的深意也只能由每个人自己去领会了。

赵匡胤开创的大宋王朝，享国 320 年（北宋加南宋）。但是，他本人的寿命并不长，49 岁去世，江山传给了其弟赵匡义。封建社会，皇位传承的基本原则和心理是“父传子”，而赵匡胤为什么传位给 30 多岁的老弟，却没传给 20 多岁的儿子呢？这里面有许许多多解不开的谜，连历史学家也没找到谜底。后来，赵匡义改名赵光义，避开了兄弟排行惯例的嫌隙。再后来，赵光义为颂扬其兄的丰功伟绩，又重修宝应寺，并改名“开化禅寺”，同时还在寺内新修了一座“御书阁”，“藏累朝御书，以艺祖功德”，目的就是大力弘扬太祖的丰功伟绩。

赵光义常常标榜自己崇佛。他当政期间不仅热心于兴建寺庙，而且组织人力翻译佛经。公元 976 年赵光义登基后，重修宝应寺当然成为一项重点形象工程。具体由滁州知州王著负责施工，至公元 978 年（宋太平兴国三年）胜利竣工。但是新建的寺庙不能用原来的名字，赵光义想了好久，最后一锤定音，赐名“开化禅寺”。

“开化”者，开导、教育、感化也；开启民智，化导民风也；传授知识技能，推进文明进展也。

“开化禅寺”的寺名，从公元 980 年，一直沿用到公元 1820 年，历时 840 年。

第三个寺名——开化律寺

清嘉庆二十五年（1820 年），弘传南山正宗的皓清律师来到了琅琊寺。此前他已在四川慈云寺弘传律宗，被尊为“慈云二世”；接着又在中原、江淮等地开坛弘法，相继被尊为“华山七世”“古林八世”（南京）“隆觉三世”（维扬），是当时名重天下的律宗大德高僧。

他在中兴六合长芦古寺、金陵、白下、静海等著名寺庙以后，最终把目标锁定在了滁州琅琊山的“开化寺”。

“开化寺起自禅门”，这是民国戴季陶在《琅琊颂碑》上的话。也就是说，从公元771年建立的那一天起，直到1820年，都是禅门寺院。所谓禅门，就是“禅宗”，佛教的八大宗派之一。禅宗是“中国化”了的佛教，代表人物是六祖惠能。禅宗直指人心，力求顿悟，花开见佛。所以特别受到中国知识分子的喜爱和追求。自魏晋以降，许多超逸的诗人，如竹林七贤、陶渊明、谢灵运、王维、白居易、元稹、苏轼，等等，都把禅的意境、禅的味道融入诗词的创作中，成为中国文化的璀璨篇章。具体到我们琅琊寺，唐宋期间所留存的大量的诗词，也证明了当时文学创作活动的兴盛和文人兴会交往的频繁。

而律宗的特点是什么呢？最主要的修持方法就是“持戒”。佛教中的戒律很多，出家人男性要严守“比丘戒”（250条）、女性要严守“比丘尼戒”（500条）。在家的居士优婆塞、优婆夷要持五戒、八关斋戒、菩萨戒等。

持戒的目的在于守得清净，静定才能产生智慧，进而圆成佛道。

皓清来到了滁州，但是盛名远播的开化禅寺在他眼前展现的却是一片断垣残壁的废墟。因为早在明代末年就已经被李自成、张献忠等义军烧掠践踏了好几遍。皓清上人发大菩提心，以大无畏的出世精神，一砖一瓦、一草一木地悉心搞建设。终于，经过一番胼手胝足、殚精竭虑的艰苦努力，山寺旧貌换新颜。在开光大典上，人们发现，原来的“开化禅寺额”变成了“开化律寺”，更令人惊讶的是，额上还加冠了“敕建”二字。“敕建”，就是皇帝恩赐、支持的意思。这个皇帝就是嘉庆。嘉庆在清史上是个较好的皇帝。这与他的出生、身世有关。因为他是紧接着康乾盛世来接班的，从他老爸（乾隆）、老爹（雍正）、老祖宗（康熙）的言传身教、耳濡目染中，懂得了治国与人心教化的相互作用，当然要给予支持鼓励，这就是“敕建”的真实含义！

皓清住持期间，开化律寺每天前来朝拜、课诵、听法的人，多时可达八百之众。可见其气象何等兴盛。但是开化律寺的时运可以说是生不逢时。因为那时大清朝已走向下坡路了，一步一步地堕落着。而同时西方新兴的工业革命正方兴未艾。清朝廷风雨飘摇，新民主主义革命山雨欲来，所以，“开化律寺”的名字用到 1949 年、国民党跑到台湾以后也就自动消失了。因为这个“律”字许多人根本就不理解是什么意思。近几十年来，虽然拜佛的人多，但是学佛的不多；而愿意吃苦学“律”的，更不多了。佛祖涅槃之前的一句遗言就是“以戒为师”。但是“守戒”是多苦的事啊！所以，问津律宗的在当今很少很少。就连皓清嫡传的嗣法门人，而且做过住持僧的——达修、根如、超然、果圆等，人们也很少知道他们是“律门”中人，很少知道他们的律学根底和修为。

第四个寺名——琅琊寺

现在使用的寺名“琅琊寺”，是依山而名。其实这个通俗的名字一直都在民间或非正式场合使用着。不但普通老百姓是这么叫着，就连讲到“开化禅寺”“开化律寺”往往也只说“琅琊山开化寺”，不管“禅”“律”，方便易懂。但是，“琅琊寺”得以正式命名，是在新中国成立以后的1952年，政府为尊重群众的习惯，简单，明了，直截，大众化，决定“依山而名”，由滁县人民政府报经国务院正式批准称之为“琅琊寺”。

20世纪的80年代以后，琅琊寺被确定为省级重点文物保护单位，嗣后又相继被授予省级、国家级的“和谐寺庙”等称号。

亭城首亭姊妹双亭

时间进入21世纪，千年古滁州逐渐被人们称为了“亭城”。

“亭城”，一个充满了诗情画意的古雅名称；“亭城”，一个让滁州人幸福感满满的名称；“亭城”，经历千年风雨，一路艰难地走进今天的时代；“亭城”，今天终于展现出了最美、最动人的容颜。

从21世纪初始直到今天，古滁州城区现已建成各式各样的公共景观休闲亭阁达200多座。各种造型别致、清雅优美的亭阁，遍布城区公园、绿地和街巷。这不仅为市民的休闲生活提供了方便、舒适的环境，而且对美化城市，提升城市的文化品位，起到了重要的作用。

滁州“亭文化”建设的序幕大概是从2001年拉开的。那年的滁州市二届人大五次会议通过了《关于应尽快抢救修复并逐步开放丰乐亭的议案》。这一议案的形成，不仅反映了滁州人民多年的愿望，而且全面促进了对滁州古文化遗产的加强保护和开发利用。此后，从第三届大会开始，市人大有关部门继续对此议案跟踪督办、加强调研，有力地促进了各承办部门和有关单位的多方协调，通力合作。此后不久“大滁城建设”开始：棚户区拆迁，旧城改造，景观资源整合扩展，文化古城在时代的制高点上设计企划，描绘蓝图。

滁州建设“亭文化”，不是偶然的灵机一动，不是拍一下脑袋凭空臆想出来的。滁州的“亭文化”有着它久远的历史根源和深厚的人文涵煦。当今适逢升平盛世，雨露滋润，才得以发育生长，渐臻成熟。这个根源，就在于滁州有着“千古名亭”“天下第一亭”美誉的“醉翁、丰乐双亭”。

早在950多年前的北宋庆历年间，滁州的醉翁亭和丰乐亭就已享誉天下。这两座亭子都在庆历六年（1046年）同时建成。一代文宗、唐宋散文八大家之首的欧阳修太守不但分别为两座亭子起了名字：“醉翁亭”和“丰乐亭”；还分别为她们写下了不朽的千古名文《醉翁亭记》和《丰乐亭记》。两篇美文双双入选中国古代文学的“珍藏宝库”——《古文观止》。文以载道，立言千古。从此以后，亭以文传，文以亭传；美亭、美文，美名传天下。

滁州历史悠久，山美水秀，文化底蕴深厚。境内的古建筑遗迹比比皆是。而自从欧阳修谪贬滁州以后，“诗人不幸山水幸”，滁州的文化品位在他两篇美文的引领下，陡然提升到了一个前所未有的高度。两篇美文不但记叙了两座亭子的建筑始末，形胜行乐，而且描绘出一幅“华胥愿景”的画图。

“双亭”的诞生，是欧阳修谪贬滁州的产物。欧阳修的谪贬，是因为支持了范仲淹的“庆历新政”。“新政”就是改革！改革需要强大的正能量，需要高尚的人格、光明的心理，需要不怕牺牲的精神和一往无前的勇毅，更需要乐为天下大众肩挑苦难的担当、百折不挠、豁达乐观的精神。

仰之弥高的天下第一亭

既是改革，必然会触动许多既得利益者的蛋糕和奶酪。于是“君子坦荡荡，小人长戚戚”。但是小人自有小人的厉害，他们心理卑污，寡廉鲜耻，手段狠毒。造谣、构陷、射暗箭是他们的惯用伎俩。而且屡屡得逞。果然庆历五年，在新政推行的重要时刻，一批革新派的重要人物被诬以“朋党”，纷纷落马。欧阳修为此大声发言抗议，写出了著名的《朋党论》，以正视听，以匡正义。不料，暗箭难防，他竟被无端泼了一盆无中生有的污水，有口莫辩。以致从“河北都转运按察使”的位置上被贬来滁州。此时，年仅 38 岁的欧阳修，在他仅仅十多年的宦海沉浮中已经是第三次遭贬。

公元 1045 年的深秋，欧阳修举家来到滁州。此时，他的身心早已伤痕累累，疲惫不堪。官场的倾轧，家庭的不幸，老母病重，女儿夭亡；千里舟行，孤寂凄凉。但是他的心里憋着一股气，窝着一团火。他写诗说“孤思一许国，家事岂暇恤”，心里缠绕的都还是那些官场争斗的事，自家的私事却顾虑不得。

然而，到了滁州，下船上岸，大出意料之外的是，滁州的十月小阳春竟是想不到的美好。天高云淡，遍地菊花绽放；父老乡亲，淳朴而热情。比起开封汴京，那一张张小人的阴险嘴脸，欧阳修的感觉像是一下从地狱跨入了天上人间。近十多年，从景祐三年（1036年）他初入仕途以来，几乎是一直在颠沛流离中度过。从馆阁校勘、初贬夷陵，然后是乾德县令、武成军判官、通判滑州、太常寺丞、出使河北，每到一地任职，长不过两年，短仅数月。而这一次虽然是谪贬而来，但是一州之长的主官，任期三年，可以实实在在地以主人的身份做一些事了。想到这里，他写下了第一首“滁州诗”自勉：……居官处处如邮传，谁得三年作主人！三年的时间，说短不短，说长不长，几乎是下船伊始，他就抛却了一切不幸与不快，迅速投入了与老百姓打成一片的深入实地、调查访问的工作。这些在他的近百首“滁州诗”里都有形象生动的记录。

在滁州，欧阳修宽政、善政、勤政、乐政；他不但关心民瘼，而且能与民同乐。正是这种“民本思想”的雨露浇灌，醉翁亭和丰乐亭这一双“姊妹花”，才开放得异样鲜艳。所以，醉翁、丰乐二亭，乃是历史对滁州最丰厚的馈赠。

一千年来，滁州人民面对这历史的厚赠，面对老太守心血凝聚的遗产，爱之至深，惜之至切。虽然千年的风雨侵蚀，早已使它容颜衰老；还有一些盗贼流寇不断地来此抢烧劫掠，动辄把两座亭子毁为废墟，但是滁州人民从来都是以无限的景仰、不屈的意志和继贤守成、发展创造的精神，屡圮屡建，使得两座亭子每每得以历劫重生，容颜永驻，常修常新。

欧阳修来到滁州的第二年，醉翁亭、丰乐亭次第建成了。欧阳修非常高兴，也非常骄傲。他写信告诉好朋友梅尧臣说：“小邦为政期年，粗有所成，故知古人不忽小官，有以也！”但是时间过得太快，转眼三年过去，到了庆历八年的春天，欧阳修要走了，滁州人在清流关设宴为他践行。欧阳修激情难抑，口占一诗：“花光浓烂柳青明，酌酒花前送我行。我亦如同寻常醉，莫教管弦作离声。”三年，欧阳修以赤子之心，为滁州留下了百首诗歌；留下了祈晴求雨的“柏子龙潭喜雨”；留下了供全体人民共同观赏的“巨形菱溪奇石”；留下了三个难得的丰年……而更加珍贵的是，老太守留下了“醉翁、丰乐”姊妹花一般的亭子，和两篇传诵千

小学生在新宝宋斋前放声朗诵《醉翁亭记》

年不朽的文章。

名亭名文，为灵为肉；不朽名著，老幼能诵。你听，琅琊山下，花朵一般的孩子们正用百灵鸟一样的童声朗诵着：

> 环滁皆山也，其西南诸峰，林壑尤美……

你看，春风、阳光里，孩子们用泉水般清亮的眸子，在晨光里阅读着：

> 修既治滁，之明年夏，始饮滁水而甘……

琅琊寨的故事拾零

一、林壑幽秘之地

琅琊群峰，逶迤起伏，峰谷跌宕，丘壑交错，它的主峰名叫大丰山，因其“体态丰隆”而得名，由此它也就寄寓着滁州人对“年丰人乐、天下太平、共享盛世”的美好期望。它的“老弟”小丰山，身材修俊，比其兄大丰山高挺峭拔，看着更令人心生欢喜。所以，

琅琊寨遗址

大丰山、小丰山是滁州人的至爱。以前站在滁城的任何街道里巷，只要向西一转脸、一引颈就能看见这兄弟俩，面对着滁城站立在那里，文静而安详，特别亲切！

如今，琅琊山已是“城中之山、城市森林”，每天上山锻炼运动、消闲度假的市民和游客无论早晚，络绎不绝。老太守八百年前描绘的“负者歌于途、行者休于树，前者呼、后者应，伛偻提携、往来而不绝者，滁人游也”的盛世乐景，如今有过之而无不及。

但是，陶醉在歌舞游乐之中的人们，并不知道在大丰山和小丰山之间那道横亘的山梁漫坡之上，曾经发生过一幕刀光剑影、撕天裂地的惨烈厮杀。那是一场保卫滁州的浴血之战——“琅琊寨”的覆灭之战！

关于“寨”这个词，它的第一要义，应该是军事设施，打仗、行军、御敌、驻扎休息、操练兵马用的，也可以说是战时的临时根据地或大本营。

二、千堆石垒之谜

“琅琊寨”是900多年前的一道历史的遗痕。

它就在大丰山旁边摩陀岭（如今人们称作“茅草岭”）的漫坡上！

茅草岭的旁边，过去还有一处叫做“摩诃崖”的地方，上世纪30年代，女作家方令孺和一批文化人来游琅琊山，游记里还写过摩诃崖，说是一个小道士在这里“煮石为餐”，最后白日飞升。随之“摩诃崖”也无影无踪了。

琅琊寨既然是历史的遗痕，那么现在还有迹可寻吗？

当然有。放眼望去，那岭上、岭下一堆一堆的大石垒，就是琅琊寨的遗址、遗迹。好大的一片，看不到边际啊。恐怕有上千堆。

每个石垒相隔的距离不等，或三米、五米、八米、十米，或几十、上百米！而且石垒的体积大小、规模形状也不一样。它们如今都已隐没在草丛、树枝、落叶之中，若不留意，就会完全无视它们的存在。

它们是做什么用的？说来话长。

这里是一座巨大的生死角斗场，数万人的肉搏之地。志书上写的很清楚：“琅琊寨周长十余里，东起回马岭，西至太平门……”

“回马岭”是古地名，其实就是现今同乐园一带的山脚之下；西边的“太平门”在茅草岭向西约十里地的山脚下。茅草岭在山民、樵夫的里程说法中是“上七下八”，也就是从东边上岭为 7 里；向西边下岭为 8 里。

如此巨大的军事工程，它的指挥官是什么人呢？

这个，《滁州志》上更是写得清清楚楚：滁州知州向子伋，率军民叠石为郛……

向子伋知州为什么要在这偏僻的山野之地建造这座“山寨”呢？

三、千堆石垒之纪

讲述 900 年前的真实故事，我们只能在严肃的志书上挖掘历史的沉淀和深埋。于是我翻开了我的老师周维熙先生整理点校的明万历《滁阳志》。

滁州知州向子伋于建炎三年，以“中奉大夫”调任滁州。知州就是州长。“中奉大夫”是个什么品级的官呢？此官级别不算低，从四品，调来当个州长也算是职级相称。但是，实际情况并不这么简单。中奉大夫，又称“奉政大夫”，是个文职官、干部身份，但是不掌实权，缺乏实际工作经验，按当时的话讲，是个“散官”。

下马伊始，向子伋立即率领军民积极备战，广泛动员，并亲自带领大家“坚壁清野”，不仅“藏粮于民”，连州衙，以及全州的人口户籍、田亩税赋簿册等等重要档案资料都搬迁到琅琊寺妥善保存。他知道，滁州那低矮的城墙根本抵挡不了金兵的铁骑。

然而，大厦将倾，独木难支。朝堂上几乎全是“议和”之声；而主战派的李刚、宗泽、岳飞等抗战将领却尽被排斥。宫墙外的下级官吏和平民百姓全是惊弓之鸟，一片哀嚎。

建炎三年，就在向子伋带领滁州军民积极备战的同时，闯来一支流寇兵马，不是金兵，而是“内鬼”，头领名叫李成。这个李成，曾经是北宋军队的一名弓箭手。但是此人心术不正，后来北宋灭亡，金人入侵，盗贼蜂起，李成算计的却是自己飞黄腾达的机会什么时候才能到来？

一日，李成遇到一江湖术士，替李成算命之后，说他生就一副割据称霸的相貌，劝其自立为王。

这番话正中李成之心意，于是自号“李天王”，从此以后到处打家劫舍，招降纳叛，没用多久时间，就聚众数万。经过一番攻城略地，势力竟然危及江淮数十府县，兵锋所向之地，沿途官吏全都闻风而降。不久，李成拿下了泗州城。

泗州既归李成，那么滁州也就首当其冲了，于是贼势汹汹直奔滁州而来。但是李成却派个使者来说是“借道贵地”。其实向子伋早有所料，因为李成是个尽人皆知的叛服无常的小人。为了为避免交战给滁州带来损害，向子伋将计就计，同意李成“借道”，而暗中布置了埋伏。不料事情泄了机密，李成恼羞成怒，格外疯狂。他的数十万兵将三面包围了滁州。而滁州的守军仅有几千。向子伋只有下令让城里的百姓先到琅琊寨躲避。自己带领军士在城墙上死守。终因贼势浩大，寡不敌众。向子伋只得率众且战且退。退到了琅琊寨。

据有关资料记载，李成最终率兵攻入山寨，大肆杀掠，向子伋和一干州县官吏惨遭杀戮，琅琊山一时愁云惨淡，暗无天日。

四、千堆石垒之祭

今天，我们早已看不见当年喷溅在草叶和石块上的鲜血，但是历史记住了。不仅是《滁阳志》，后来各种版本的《琅琊山志》，都记录有这惨烈的一幕。

而“向子伋山寨”，这个别样的名称，更是成为老百姓的心中和口中代代相传的丰碑。

这块丰碑，永远不会因为风雨的侵蚀而磨灭！

人生自古谁无死，留取丹心照汗青！

南京太仆寺那地方

——建筑的华章与山体的骨感

近十几年来，在滁州一批热情的文史专家，乃至业余文史爱好者们的积极考证、献言、舆情推动下；在有关决策部门、领导的积极努力规划下，2018 年，琅琊山的大丰山下，崛起了一组崭新的公园建筑群。其建筑物高大雄伟，庄严肃穆，青砖绿瓦，飞檐翘角。但它不是宫殿式样，也不是民房小区，而是少见的古代官府衙门式样。它的名称叫“南京太仆寺公园”。许多人站在公园门前伫立很久，反复辨认，看不懂大门额上的“南京太仆寺”是什么意思。

今天，对于普通老百姓而言，600 多年前的“南京太仆寺”，早已是不知所去、遥远的历史文物，虽然那曾经是一个辉煌朝代的、显赫的中央行政机关——明太祖首都的南京太仆寺。

“南京”，就是现在与滁州一江之隔的江苏省会南京。公元 1368 年，朱元璋在南京建立了“大明王朝”。六年之后，下诏在滁州设立太仆寺。“太仆寺”就是管理全国养马事务的中央机关。后来，朱元璋的四儿子朱棣当上了皇帝，嫌南京不好，干脆把首都迁到北京去了。但是南京在当时的全国地理位置上相对处于中心地带，而管理的是全国的军马事务，于是朱棣下令，南京的太仆寺改称“南太仆寺”，另在北京再建一个副机构“北太仆寺”。

说到“养马”，现代人的印象中，大概首先想到的是香港的赛马、赌马，是用来休闲娱乐的。他们根本不知道古代的军马管理，对于一个国家有多么重要，可以说绝不亚于现在的军队装备部。马，在那个年代就是火箭，就是坦克，就是装甲车。而更重要的是，“马政”不是割草，不是打马掌子、拌饲料，而是管理马匹品种的养殖、征调、赋税摊派，下属各级基层办事机构以及与地方基层组织的互动、调度，等等一系列的事务。管辖宽，事务繁，规格级别必然要高配，不然怎么制定法规政策？怎么执行、调度、指挥呢？南京太仆寺在滁州整整存续了 270 年，直到明朝终结。270 年的岁月流转，一代一代的官吏，前一套班子去了，后一套班子来了，“铁

南京太仆寺衙署

打的衙门流水的官”。太仆寺的官都有很高的文化，寺丞以上的都必须是科举出身。琅琊山恰好给他们提供了施展才华、大显身手之地，而他们也为琅琊山的文化添光增彩，做出了巨大贡献。有明一代留存在山上的诗词碑碣大多都是他们的杰作。

然而，时间到了1644年，大明朝灭亡了，马背上的爱新觉罗氏来了。满族人养马自有他们自己广阔而肥美的科尔沁大草原。人家祖祖辈辈都在马背上过日子，像“太仆寺”这样的“古董旧物”，根本看不上眼，他们闹腾的是“男人的辫子、女人的小脚”。而前明的太仆寺只在琅琊山的石碑上偶然留有“太仆寺丞××”之类模糊的字迹，供人怀古凭吊。

时间到了1958年，轰轰烈烈的“大跃进”开始了，“滁县水泥厂”应运诞生。厂址就选在丰山脚下、龙池小街北面的一大片山野空旷地上。这里常被人们叫做“砟子山”，因为曾有铁路采石场办在这里，专门开采铺铁轨的“道砟”。他们的塘口开采面附近还有汉代遗留的采铜矿坑，人称“龙池”。宋代的欧阳修以及明代的朱元璋都曾在这里祈神求雨。由于“灵验”，就在坑边建筑了“五龙祠”，还曾经是滁州的一处景点名叫“柏子灵湫”。而人们根本不知道的是，水泥厂这块空旷的山野之地，在600多年前曾有过明代的高级行政机关“太仆寺”。

“太仆寺”这个名称，与后来生活在这里的人根本是风马牛不相及的。龙池街直到2018年拆迁之前，还是一条“棚户小街”。从这里人的说话口音就听得出来，他们绝大多数都不是土生土长的滁州人。他们的上几辈人，不是因为战争，就是因为饥荒，逃难到这里来落脚谋生的。滁州老辈人最爱讲“琅琊山养活多少人的话题”。靠山吃山，靠水吃水，是人生在世最朴实的道理。所谓“靠山”，靠的只有“草、木、石”这三样“宝”。但那都是要靠力气，去苦扒苦挣的。

滁县水泥厂成立了，最早进厂的一批工人，主体都是拉板车的。但他们与搬运站拉板车的又有不同，每天只在塘口开采面的200多米陡坡上，来来回回把巨大的石块运送下山。那山坡有多陡峭呢？45度！不算夸张。重车下山，全靠人体跐着、抗着；空车上山，人体几乎是匍匐于路面往上拖拽。所以，连他们穿的“草鞋”，都是用皮革的下脚料特制编织的。

是的，很累！很苦！但是人们也许不会相信：他们的内心里也有难得的幸福感在荡漾着呢！他们进厂了，属于正式工了，有单位、有劳保，生老病死有依靠了，妻子儿女也有活路了。人，除了这些还有什么可巴望的呢？由于厂里的生产需要，他们的家属也陆陆续续地进了厂，虽然不是正式工，家属工也很固定啊！甚至他们的远近亲戚也能来做个临时的短工。

是的，他们都没有文化，有的甚至不会写自己的名字。他们常常坐在塘口，扇着草帽，边休息边拉闲呱，倾诉着内心的“幸福感”。

滁县水泥厂从1958年正式成立，到2018年拆迁完毕，度过了整整一个甲子。60年的岁月，虽然同样也经历着荒唐的政治运动，但是这里波澜不惊，就像一个饱经世故的智者，“独钓寒江雪”。即使那次亿万人大躁动的“文化大革命”，山下的造反战旗漫卷，甚至动了枪炮，但是水泥厂人平静着呢。有那劲，还不如去砸一方砟子，能挣2块钱呢！

这才叫智者！像石头一样的不浮不躁，脚踏实地，以最平凡的柴米油盐溶于当下的平凡生活。

滁县水泥厂的60年，曾有过四个名称：第一次是1958年，叫滁县水泥厂；第二次是1970年，叫滁县地区水泥厂；第三次是1993年，叫皖东水泥厂；第四次是1996年，叫皖东水泥责任有限公司。但是人们不习惯于这种拗口的名称，还是叫它“水泥厂”，或者“老水泥厂”。进入2000年，水泥年产量已达60万吨，成为滁州的“明星”企业。职工人数上千，家属人数上千，并且成立了“家属委员会”，所有符合条件的家属都“在册”了！不要说厂长，就连普通工人、家属，走在街上都腰板挺得直直的：厂子大、奖金高、福利好啊！

60万吨！——一个什么样概念的数字啊？一袋水泥的标准重量是100斤。一吨是20袋；60万吨，那就是1200万袋；那就是山一样的数字，山一样的体积。而这个“山体”全是工人、家属们肩抬车拽、胼手胝足堆垒起来的。

60万吨！——一个多么值得骄傲而幸福的数字啊！虽然记录的是“劳苦”二字，但是“劳苦”只是“苦”吗？不！“劳而快乐着”，只能来源于朴实、简单、知足、感恩的心！大概很少有人切实走近水泥厂职工家属的群体，更不会切实感受他们劳动的欢乐。那不是空洞的政治口号，不是绕人的哲学概念，不是诗人神经质般的激情，而是能真实表达的快乐。

水泥厂曾有一条铁路专用线。火车拉进来的是矿渣、铁粉、石膏矿；运出去的是水泥、大片、铺路的小碎砟。装车、卸车的活全由家属们干，计件的。经常是半夜三更火车来了。火车一响，“黄金万两”，于是激起一片欢呼：“车来喽——水泥！”“车来喽——大片！”（那种每块约200多斤的巨大青石块）；车来喽——小碎……然后就是呼朋唤伴，接着站台上一片哄闹。斜月西沉，星斗满天，夜空里的快乐，原始而真实。

水泥厂家属女人们的姓名只用在领钱的花名册上，平时无论什么场合，一律都是“××家、××家的”相互称呼着，粗鲁而亲昵。她们虽然没有文化，但是她们惜缘惜福惜男人。男人是她们的靠山，是她们的劳动保障。男人放炮炸石，她们就“冒着男人的炮火”冲上前去抢“毛砟”（拳头、蚌壳那么大的石块），一筐一筐地挪到路旁边。然后一锤一锤地砸，像小鸡啄米一样，从早到晚几万锤，砸成栗子那么大的“小碎”。一立方的小碎验收合格，工资2元。

后来，乘着“体制改革”的东风，水泥厂的领导把原来的“家属委员会”也改革成了“有限公司”。所有“××家的”都有了退养金，而且每人一卡。卡上当然是自己本人的姓和名。

水泥厂历时60年，工人两千多，每人每家都是故事。且说一对老头老太吧。老头烧茶炉，每天从早到晚烧几大锅开水供应全厂。老太算不上家属工，只跟着老头帮忙拾柴火。老头退休的时候，用一辈子积攒的钱打了两口棺材。后来每到五月梅雨季节，老两口就把棺材移出屋油漆一遍。不料一直漆了二十多遍，老头才先使用了一口。老奶奶的那一口仍然每年坚持不懈地继续油漆着。有青年人走过门口，就打趣说：“老奶奶，搞装潢呐！”后来老奶奶带养了一个孙女，厂里就照顾孙女进了厂，入职前的谈话是：“一定要好好照顾老奶奶！”最后老奶奶由孙女送了终，心满意足地走了。

“安于畎亩，而乐生送死”，有比这更踏实的人生吗?

20 世纪 90 年代初，水泥厂的大门前曾有一座高大的水塔。像一把巨伞，撑在大丰山下。说它“高耸入云”绝不算夸张。以前站在滁城最中心地标的“高杆灯”下向西眺望，进入眼帘的，只有那座高塔与丰山。如果高塔不拆的话，它应该就在现在的太仆寺公园的大门前。太仆寺西北山顶上的安置小区，名叫“龙池花园”，应是龙池街的历劫再生。砟子山、水泥厂的职工和家属们从此告别了低矮的棚户区，住进了高楼大厦。生活翻开了新的一页。

远去的太仆寺，有着文化、诗书和优雅的华章；拆迁的水泥厂，有着质朴、粗犷和清刚坚强山体般健壮的骨感。那么，600 年前的太仆寺与 60 年前的水泥厂，当真是“风马牛不相及”吗？答案应该在我们每个人的生活阅历中。

滁州文化丛书

CHUZHOU WENHUA CONGSHU

景物故事

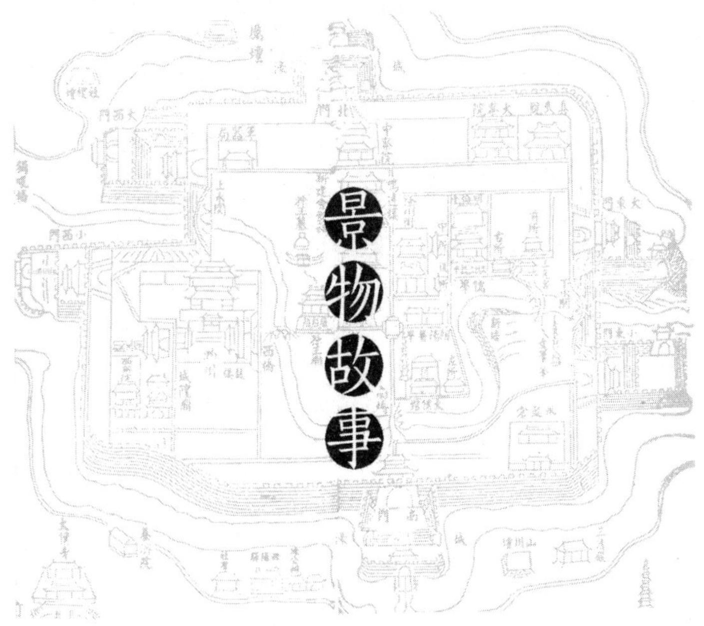

明代滁州城图

清流关谈文论武

20世纪末，一批国家级的考古、历史、商贸、旅游、路桥工程等领域的专家学者专程来滁，考察了位于滁城西北郊12公里处的清流关，留下一个定义：“清流关是我国现存，且少有的古驿道、古关隘、古战场的三古遗址。”

往事越千年，当年车辚辚、马萧萧的古驿道，毂骑匆匆，辐辏摩擦；商旅辎重，行客如织的繁忙景象，已经远去百年之久。因为自从清末津浦铁路修通，这条古驿道就完成了它的历史使命。

清流关古驿道，绝对算得上是一条高等级的国道。它的中心点是六朝古都金陵南京。南及苏、浙、赣、闽；北达鲁、豫、晋、冀，毫不夸张的“九省通衢”。明代的兵部尚书程敏政从北京到安徽休宁回乡探亲，走的就是这条古驿道。他著名的《夜渡两关记》中，过清流关的细节，写得极其生动有趣。驿道每30里设一座驿站，接待官府邮传快马及宦游官吏。清流关驿道的路面等级很高，全是大石板铺筑。现今仍然残留有2000多米长的遗迹。从其断裂破碎的痕迹和深深的车辙中，我们可以想象出它当年的交通繁忙景象。

因为交通繁忙，清流关的东西两头还矗立了“交通规则碑”。

碑文只有十二个字："贱避贵，幼避长，轻避重，缓避急。"意思是：身份低贱的人要让身份高贵的人先走，年轻人要让年长人先走，轻担子的要让重担子的先走，没事的人要让有急事的人先走。这份交通规则虽然有高低贵贱等级之分，但更重要的是道德自律。虽然只是一种说教，但如果不遵守，就会受到道德舆论的谴责；如果闹严重了，社会头面人物乃至官府就会干预了。十二个字的"软

古清流关残存的关券俗称"观山洞"

规则”，它的法律效应可能比现在无数条硬性的交通法规还要管用。

再说“古关隘”，关隘是古代社会地区与地区之间的门户和治安执勤岗。其作用，既有设防、追逃、缉拿嫌犯的功能，又有收税、课赋、盘查的功能。如京剧《文昭关》中，春秋时期的伍子胥，从楚国到吴国借兵，在昭关被堵，一连七天过不了关，竟然急白了头发。而清流关作为吴都金陵的京畿门户，其治安、税赋方面的任务必定更加繁重。

再来说说“古战场”，清流关最根本的作用是军事防御功能。清流关得名于古清流县。自从隋代设置滁州以后，唐代一段时间曾改名为“清流县”，后又改回。到南唐五代时，以金陵为首镇的江左、吴越经济发展迅速，势力已越过长江，抵达淮河。但是淮河以北完全被后周的周世宗柴荣掌控着。柴荣贪恋江南的秀美河山，野心勃勃，意欲挥鞭南下。在这样两种势力和心态的对峙下，琅琊山自然就成了针尖对麦芒的焦点。因为琅琊山是江淮水系的分水岭，又是扼制南北交通的关节点，更是金陵都城的天然屏障。所以南唐中主李璟，于公元 937 年，决定正式砌石垒券，筑垒建堡。清流关建筑工程浩大，厚重坚固。其所选择的清流山山口，像一把竖立的老虎钳，可随时掐断南北通道。关门的券洞深约六丈许（目测）。券洞上面砌筑关楼，宫殿式建筑，飞檐翘角，宽阔约有七楹（志书上的插图）。关洞外面的门额刻有“江淮保障”，里面的门额刻有“金陵锁钥”。八块墙基石础上刻有“固若盘根”等大字。每个字的面积有一平方米。现存的原石只能见到一个“根”字了。

据县志载，“滁之关山，上下十五里，由南至巅八里；由北至巅七里。其巅高峻逼仄，旁皆削壁峭立。下临深涧，置兵守之，一夫当关之势也”。

清流关的山形地势是：南坡缓，北坡陡。当年程敏政从北坡过关，文中描写其陡峭的程度道：“山口两峰夹峙，高数百寻，仰视不及。石栈[illegible]岖崟（yín），悉下马，累肩而上……”前面的人像是站在后面人的肩膀上。这种天造地设、鬼斧神工的造化，在那种冷兵器交锋、人畜力运载的条件下，一夫当关万夫莫开，真的不算夸张。

清流关建成之后的第二年，南北双方就打了起来。可以想见，北方后周的军队是“渡淮而来”，南方李璟的军队是“严阵以待”。但是接下来的过程就令人颇费猜详了。有的书上说：“赵匡胤倍道奇袭清流关。”什么是“倍道”呢？就是以加倍的速度赶路；“奇袭”就是奇兵突袭。这句话的意思是：赵匡胤带着一支小部队，兼程行军，巧妙穿插，包抄到清流关的南面，然后摸掉岗哨，神不知鬼不觉地“变换城头大王旗”。但是赵匡胤带了多少人马？是从哪条小路绕到关道南面的？这种军事要地，不要说是大批的部队，就连贩夫肩挑的山民、寻幽搜奇的游客，也不会允许你满山乱跑，所有的小路必定都会被封堵的鸟都飞不过去。再说，赵匡胤的突击小分队，若从北坡上山，须行七里路；从南坡上山，须行八里路，一路上难道所有的岗哨都睡着了吗？

我们再来看看另一种说法：“昔太祖皇帝尝以周师破李璟兵十五万于清流山下。生擒其将皇甫晖、姚凤于滁东门之外，遂以平滁。”这段话是欧阳修在《丰乐亭记》里说的。唐《新五代史》就是欧阳修老先生编撰的，应该是最权威、最真实的，比较合情合理。清流关大战的时候，赵匡胤是后周柴荣手下的殿前都点检，统帅禁军。那时候，后周禁军的人数有多少呢？据说后周禁军分为“侍卫司、控鹤军、龙捷军、虎捷军”，总计12万人。“破李璟兵十五万于清流山下”，当时李璟南唐禁军部队的人数大约也就是15万。“禁军”用现在的话说，就是“特种兵部队”，战斗力很强。这场双方总共投入26万人的大决战，战场并不是在清流关，而是在滁州东门之外。滁州东门之外地势开阔平坦。利用这种地形摆开阵地战、大决战的战场，才是真正的实力较量。

清流关之战，是历史上一场著名的战役。因为此战之后，南唐灭亡；接着后周柴荣死于重病，五代十国基本结束。公元960年，赵匡胤统一了南北，大宋王朝建立。从历史的角度看，清流关应是大宋朝一块最厚重的基石。

清流关，由于它天然的地理位置，无论是在建置之前，还是之后，几乎战事不断。直到20世纪初，津浦铁路修通，昔日“用武之地”的历史使命完全结束。但是，“折戟沉沙铁未销，自将磨洗认前朝”，今天，在蒿莱野草丛中，我们可以指点曾经“中军大帐”的立柱石础；捡起绊脚的碎石断砖，我们饶有兴趣地辨认各种“点兵石、上马石、试剑石、磨刀石”；校场鼓角之声久已远逝，但是下层士兵之间“执子之手，与子同袍”的兄弟情义，已铭刻于“三生石上”，祈盼来生；昔日的刀光剑影、残阳喋血，化成了几多星斗闪烁。在清流关，过去一切的是非成败都已不足为道，惟有苍山波如海，芳草碧连天！

因为是“用武之地”，清流关曾经还有一座“武圣殿”。武圣就是三国的关羽。关于他的故事，两千年来家喻户晓。他武艺高强，忠诚不贰，义薄云天。庙里还供过他曾经使用的“青龙偃月刀”。大门的两边，还有过一幅滁州特有的关武圣对联：

关山西望心怀蜀；
滁水东流恨入吴。

小题大做说让泉

琅琊山中，最少有十个名声响亮的“名泉”。

以前，在山里行走，“负者歌于途，行者休于树”，不管是山民出山赶集、卖竹子，还是城里人进山砍柴、挖药，根本不需要带水，渴了就在路边扒扒，泉水就涌上来了。你若看见低洼的地方有一片潮气，用手指头抠抠，必定会有清泉涌上来，有文人形容为“地涌葡萄翠浪来”，多美的诗句！

在琅琊山的十个名泉中，当然要数醉翁亭的让泉最为有名。这不是哪个权威部门评比的，而是此泉占了“天时地利人和”的优势。“天时”者，就是它被欧阳修写进《醉翁亭记》里，“渐闻水声潺潺而泻出于两峰之间者，让泉也”；“酿泉为酒，泉香而酒洌”，连醉翁都说好，谁还说不。“地利”者，让泉地处琅琊古道的开端、醉翁亭的门前，像开在闹市口的商店门面。“人和”者，就是它与太守有缘，与醉翁亭有缘，与往来不绝的游人有缘。即使其他的泉水更为甘甜香洌，谁又会硬去比较硬去较真呢。所以“琅琊第一泉”无可争议的就是让泉。

还是在1990年前后，关于让泉的“让”字，到底应念“让”还是念“酿”，滁州的文化人很是争论了一番，各自引经据典，搬出古今许多证据来。公说公有理，婆说婆有理。不但在报纸上争，还有人专门花大价钱，个人出版了专著（这当然是出于对家乡历史文化的热爱与敬重）。结果呢？公公还是公公，婆婆还是婆婆，都有理，又都没理，不了了之。其实，“让泉”是对的。而争论的根源在于，有人把“酿泉为酒泉香而酒洌”的“酿”读成了“让”。这是滁州方言的问题。“酿”者，“酝酿”也。而滁州方言“酿”“嚷”不分。“酝酿”往往读成“运嚷”。比如领导常常会在会上说“这个问题请大家先‘运嚷运嚷’，看怎么解决”。还有凤阳朱元璋老家的一道名菜“酿豆腐”也被念成“嚷豆腐”。

其实，上面讲的只是个读音方面的小问题。而真正值得我们思考的是，“让泉”的名字是如何得来？有什么典故？

首先我们可以肯定地说，让泉的名字要早于醉翁亭。因为欧阳修在写作《醉翁亭记》的时候根本没对让泉多费笔墨，只用“渐闻水声潺潺而泻出于两峰之间者让泉也”一句带过。但他在《丰乐亭记》中写“幽谷泉”就有较为详细的交代：“修既治滁，之明年夏，始饮滁水而甘。问诸滁人，得于州南百步之远。其上则丰山，耸然而特立；下则幽谷，窈然而深藏；中有清泉，滃然而仰出，于是疏泉凿石……”可见“幽谷泉”的名字是欧阳修起的；“让泉”的名字是不知什么时候、什么人起的。肯定是早就有了。

那么我们再来寻找一下，当年流量很大的、“水声潺潺”的让泉，它的源头在哪里呢？——应该是琅琊寺流出的琅琊溪。这琅琊溪

山行六七里渐闻水声潺潺而泻出于两峰之间者的让泉

乃是唐代李幼卿开发琅琊山时最早的工程之一。当时李幼卿的文友名士独孤及曾写过一篇散文《琅琊溪述》，文中有“因凿石引泉，迴其流以为溪”的记述。

在此400年后，欧阳修也写了一首琅琊溪的诗：“空山雪消溪水涨，游客渡溪横古槎。不知溪源来远近，但见流出山中花。”那时候“游客渡溪”还要用简易的筏子，或者“槎”，而且游人可以“临溪而渔”。据一些老人回忆，20世纪50年代的时候，醉翁亭西面玻璃沼的溪水里还能看到游鱼，还可以卷起裤腿下去捕捞。也就是说，“让泉”的名字就是在那三四百年间孕育的。

古人认为泉水是有生命的水，像庄稼草木一样，是从地下生长出来的，所以被看作是“有根之水”。以它来比照人，就是做人做事要有根有蟠。大家喜欢的一句成语“上善若水”，就是以水的“品德”来教育人：做人要像水一样。水能滋润万物而不为自己争利；它从不爬高，只是静静地自处于大家都不喜欢的低洼之地。它不惜污浊了自己而清洁别人，“让”——“不争”，就是它的美德。所以“上善”的水，从不会自取其咎。

正是这些原因，古人非常重视泉水的名字。比如听到“廉泉”大家都喜欢，爱敬；听到“贪泉”“盗泉”则唯恐避之不及。甚至“宁可渴死也不饮盗泉之水”。

“让”是中国传统美德的重要标准之一。一个人懂不懂得“让”，是他有没有修养、有没有智慧的外在表现。

有个故事：孔子的学生子路一天在街上走，看到甲乙两人吵架，甲说：“三八二十三。”乙说：“荒唐！小学生都知道三八二十四，怎么能是二十三呢？”甲说：“我就说是二十三。”

乙说："明明是二十四。"……两人吵得不可开交，看见子路来了，就请子路当裁判。子路说："当然乙是对的。"甲不服，便拉着乙和子路去见孔子。不料孔子说"乙错了；子路更错了"，众人愕然。子路当然不服，说："老师，我怎么错了？"孔子说："不管三八二十几，乙和一个愚子争辩，难道不错吗？而你却站在中间当裁判，难道不更错吗？"

孔子的话告诉我们什么道理呢？不要去和一个傻子或"垃圾人"做无谓的争辩。他傻，就让他一点；他是"垃圾"就离远点。战胜了他也不是什么光荣，而且你不可能得胜。孔子一生的事业没什么亮点，有时还很令人沮丧，比如"周游列国"，人家说他像个丧家犬；"厄于陈蔡"，人家不给他饭吃；他的三千弟子七十二贤人，有的发大财，有的做大官，但是孔子并不去沾什么光。

相反孔子最满意的一个学生名叫颜回，却是个穷得吃不饱饭的人。但是孔子赞扬他："贤哉回也，居陋巷，一箪食，一瓢饮，人皆不堪其忧，回也不改其乐。"这个颜回呀，是个真正贤良的人。他住在偏僻的巷子里，一顿只吃一小碗的饭，渴了就喝一瓢生水。人家都替他愁得慌，他却快乐而自在得很。

有一次，一个同学向孔子打小报告，说颜回煮饭的时候，饭还没熟就抓了一把放在嘴里。孔老师似信非信。开饭了，颜回说："你们吃吧，我吃过了。"那个打小报告的同学对孔子说："怎么样，我没说错吧？他自己都说他吃过了。"后来孔子经过仔细勘查、分析研究，对打小报告的同学说："即使你亲眼看到的也不一定是真实的。你知道吗？颜回抓吃的那团饭，是屋梁上掉下一团灰弄脏了的，颜回先把它吃了。"真是"贤哉回也，不迁怒，不贰过”。不争名、不争利；有好事、有好饭让给别人，有苦事、有难事自己承担起来。这就是“让”的精神。颜回死的时候，孔子哭得最伤心，说：正是因为有颜回这样懂得谦让的好学生默默地跟从着我，其他的学生才来亲近我啊！

孔子之所以成为中华民族乃至全世界景仰的“大成至圣先师”，就是因为他站在了人格道德的最高点上——“仁义礼智信、温良恭俭让”。事业是暂时的，人格是永恒的。

孔子的学生中，有一个事业非常成功的学生子贡，被人赞誉为“孔门十哲之一”。他利口巧词，办事通达，毕业后又做生意又当官，而且兼任鲁、卫两国的宰相，是当时的第一富豪。他说：老师带我们周游列国的时候，每到一个国家都能了解到该国的政治经济情况，能听到老百姓说的真实情况。这是为什么呢？是老师他老人家温和、善良、恭敬、俭朴、谦让。他用这样的态度去对待别人，别人自然会真心待他，把真实的情况告诉他。这就是他高尚品德的魅力和效应。子贡还解释“温良恭俭让”说：“温，和厚也；良，优质也；恭，庄敬也；俭，节制也；让，谦逊也。”最后说：“夫子之盛德光辉接于人者也。”老师高尚的人格品质并不是炫耀于人的刺眼光芒，而是真诚朴素的柔和之光。

但是在现实生活中，我们常常被灌输的理念不是“让”，而是“争”，锱铢必较，分毫必争。生怕人家看不起，说自己无能、平庸。而实际上呢？我们时时争、处处争，最后争到了什么呢？徒劳而已。其实，现实中，“争”得不到的，却能在“让”中得到。

大家都知道古代“六尺巷”的故事：李家盖房，想占巷子一尺地，隔壁张家不愿意，也要占一尺，结果巷子堵死，要打官司。

张家仗着老爷在京城做大官，便写了信去打招呼。张老爷见了信回复道："千里来书只为墙，让他三尺又何妨？万里长城今犹在，不见当年秦始皇。"

老爷发了话，张家主动让出了三尺地。李家见张家姿态这么高，啥都不说了，也让三尺。于是"六尺巷"形成，方便了别人，也成全了自己。

从儒家的观点来看，"让是一种成功的途径"，恭谦温和、明哲保身，与舍身成仁、舍生取义并不相悖。

可以说欧阳修就是代表儒家的宗师级人物。他在滁州的全部的政治活动、教化活动以及自己的诗文创作活动，乃至业余娱乐活动都带有浓厚的儒家色彩，如忠君、爱民、仁义、宽恕、克己，以"修齐治平"为理想，以"仁义礼智信"为自励自律，所以在短短不到三年的时间，就赢得了滁州人深切的爱戴。

民本为政丰而乐

——从丰乐亭建筑和《丰乐亭记》看欧阳修的民本思想

丰乐亭是欧阳修在滁州“执政为民”的重要遗迹。

丰乐亭建成于北宋庆历七年（1047年），这是欧阳修来到滁州的第二个年头。本来，欧阳修就对滁州的历史非常熟悉，而经过两年来大量的走访调查，实地踏勘，对具体的民生状况和民众诉求也有了更加切实具体的了解。所以，作为滁州的知州，要实现理想中的“与民同乐”，其基础必须是“年丰民乐”。不丰收、不富庶，何乐之有？！于是欧阳修的心中渐渐地描绘出了一幅动员民众大搞“生产建设”和“民风化导”的蓝图。这幅蓝图和“工作报告”就是载入史册的《丰乐亭记》。

《丰乐亭记》仅400多字，我们一起来温习一下。

“修既治滁，之明年夏，始饮滁水而甘。”我到滁州第二年的初夏，喝到一杯特别甘甜的水。就问送水的人，今天的水怎么觉得比往天要甜呢？送水的人开始还不愿意说，但是经不住一再追问，才讲了实话。原来送水人每天都去“让泉”汲水。但是今天在回来的路上，不慎绊了一跤，把水全都洒了。再回去重取吧，觉得耽误时间、又累，于是就顺道在另一处泉边汲了两桶水来。于是我叫送水人带路，到现场实地勘察。哪知去了一看，哎呀，这地方太美了！

“其上则丰山，耸然而特立；下则幽谷，窈然而深藏”，滁州的大丰山，高高地耸立在城西；山下的幽谷，像女子的闺房，人迹罕至；“中有清泉，滃然仰出”，还有一泓清泉，沉静地喷涌着。同去的人对此美景都赞不绝口，议论纷纷。有的说要凿石疏泉；有的说要盖上房子；但是盖成什么样的房子呢？不能是森严的衙门，也不能是简易的平房，应该是供民众游乐的，并且是“寓教于乐”的、能提升民众文化水平和精神境界的公众集会场所。

接着，欧阳修笔锋一转：“滁于五代干戈之际，用武之地也。”滁州这地方啊，自从唐末五代以来，几乎战争不断，天天打仗。直到宋太祖赵匡胤率兵奇袭清流关，并在滁州东门一举歼灭南唐军十五万，“遂以平滁”。大宋的江山就是在这里奠基的。

我自从来到滁州，经常按照图纸考察山川地理，还常常登上清流关寻找当年大战的遗迹，但是历史已经远去一百多年了，“遗老尽矣”。

虽然历史的一页已经翻过，但是滁州是个好地方啊！这里介于江淮之间，人民勤劳淳朴，“安于畎亩衣食，以乐生送死”。要知道，这是圣上的功德，浸沐滋润，让老百姓休养生息。

我是多么向往，每天都能与滁人一起“仰而望山，俯而听泉，掇幽芳而荫乔木”；更希望能看到年年岁岁丰稔大有，老百姓一起高高兴兴地和我游玩。

“宣上恩德，以与民共乐，刺史之事也”，我们感恩国家，敬仰皇上，忠于职守，与民同乐，这是我这个当太守的必须做好的本职工作啊。

第二年，丰乐亭建成开放了。人们惊异地发现，“丰乐亭”并不是一间孤零零的亭子，而是一片园林建筑群。

庭园内的中心主建筑是“保丰堂”。保丰的含义是“祈祷年年丰收”。“堂”的建筑格式，以十六立柱为支撑，以扇门、漏窗为四壁，环合周围，南北通透，轩敞明亮。其外观，体态丰隆，四檐飞翘，黑瓦灰砖、红漆雕花窗棂，给人以开朗、大方、坚固、稳重、端庄之感。

保丰堂后正北面，有一座两层木楼，名为“危楼”。“危”是高耸、峭立的意思。楼上供奉的是滁州自唐至宋的历代贤守。这些一千多年前先人的名字，至今听来仍然令人肃然起敬。他们是唐代的李幼卿、韦应物、李德裕、李绅、韩思复；宋代的王禹偁、欧阳修、张方平、曾肇，等等。

危楼的两侧厢房，分别是（左）棠舍，（右）芥舟。这是历史上两个为政榜样和智慧的典故。“棠荫听政”是周召伯在棠树下倾听老百姓倾诉自己的不幸和甘苦，并给予实际的解决和安慰。有“甘棠之爱，温暖千年”的俗语。

可见，丰乐亭的建筑与欧阳修的政治理想是完全一致的。所以，在《丰乐亭记》的结尾，欧阳修郑重其事地写上了自己的职务、官衔和级别——“右正言，知制诰，知滁州军州事”。这是在一般文学散文作品中所没有的。

“右正言”，欧阳修在朝中做的是“谏官”，上班就是替皇帝看文件、提意见，话语权很大，能跟皇帝说上话，当然有人巴结、有人怕。但是局外人哪里知道“伴君如伴虎”的痛苦。

“知制诰”是专门为皇帝下圣旨、发文件的。

“知滁州军州事”，宋代，欧阳修正规的官称应该是“知州”，（上一级是知府，下一级是知县）。军州事，就是既有军事权，又有行政权（包括检察权、审判权和治安管理权），也就是老百姓俗话说的“上马管军、下马管民”，全盘一把抓。所以欧阳修在滁州的时候，除了发动群众生产、收获；还要带领群众“娱神求雨”、

民本为政的丰乐亭焕然一新

审理案件，乃至邻里吵架都要管。

丰乐亭建好了，老太守与民同乐的快乐留下了许多动人的诗文。其中《丰乐亭游春六首》就是专门写在丰乐亭与民众游玩的场景。如“春云淡淡日辉辉，草惹行襟絮拂衣。行到亭西逢太守，篮舆酩酊插花归”。——春天来了，春光明媚，滁人三五成群来到丰山幽谷。青青芳草撩动着行人的衣襟，柳絮粘在人的头发上、衣服上，拂撣不及。迎面来了一乘小轿，里面坐着一个醉汉，头上、身上、轿子上全都插满了花。这醉汉是谁呀？哈哈哈——太守也……搞笑吧！

在古代，丰乐亭还有一项社会功能，就是所有的行业“祖师会”都要到丰乐亭来举行集会。集体礼拜祖师爷，保佑他们的行业兴

丰乐亭内的核心主题建筑保丰堂

旺发达。像滁州这样等级的城市，最少有一二十个行会组织，如：铁匠的老君会；篾匠的鸿钧会；皮匠鞋匠的孙祖会；裁缝的轩辕会；剃头匠的罗祖会；还有瓦匠、石匠、茅草匠，等等。这种民间自发组织的行会，很大程度上能起到社会稳定器的作用，许多小矛盾、小摩擦都可以通过行会自行解决。从这个小小的细节，我们就能感觉到丰乐亭的建筑构思和立意多么微妙而弘深。若是好年成，每逢有祖师会，还要请来戏班子，吃饱喝足，看大戏。真的是一幅“年丰人乐”图！

天上降下菱溪石

醉翁亭里置放着一块巨大的观赏石，架立在一座特制的大盆景台上。大石的形体约有一头黄牛那么大，内外嶙峋多孔，孔大或如碗口；石体质坚色绀，沉重胜于铜铁。大石名叫“菱溪石”，是欧阳修给它起的名字。在欧阳修把它安放这里之前，它没有名字，因为没有人知道它是一块什么石头，看不懂它的性质种类。有人

欧阳修踏勘考证的菱溪石

认为它是天上掉下的陨石。这个说法也有可能，不然，怎么解释1000多年前，在那么一个荒郊僻野的地方，突兀地冒出来这么一块奇形怪状的大石头呢？

那是大宋朝的庆历六年（1046年），欧阳修到滁州当太守的第二年。一天，有人向他汇报，说是滁州东边离城大约七八里的地方，有一个水塘，名叫菱溪，里面现出一块巨大而奇怪的大石头，周边百里十乡的人都说是灵石、神石。有人认为是灾异，有人认为是福祉。于是纷纷前去烧香祭拜。欧阳修觉得此事非同小可，应该亲自去弄个明白。不然，以讹传讹，说不定还会闹出什么事来。于是欧阳修带着随从亲自来到菱溪。

欧阳修不仅是个政治家，而且是个考古学家、收藏家、古董家。他收藏的“三代金石录”就有1000多卷。

欧阳修一言不发地围绕着大石观察沉思。但是，找不到答案。此后又接二连三地来了几次，又把当地的老农、耆宿一个个找来，仔细询问这一带的河流和村庄的地形地势，终于弄清了这块菱溪大石的底细，于是回到府衙就写了一篇长文《菱溪石记》和一首长诗《菱溪大石》。

那么，这块“菱溪大石”到底是从哪来的呢？

我们先从“菱溪”这个名字说起。“菱溪”原来是一条流水，发源于琅琊山山脉东北的永阳岭，经皇道山，向南流向滁州东郊。但是由于年深日久地理形势变化，这条流水渐渐地细瘦干涸而断流，只在下游的滁州东郊形成了一座大水塘。本来，溪流的名字叫“荇溪”，但是唐五代时期这一带属于后吴国管辖。吴王（自号吴太祖）的名字叫杨行密，所以“荇溪”就得改名。于是“荇溪”

改成了“菱溪”。

这杨行密是个什么来头呢？他原来是三国时期那个爱玩小聪明的杨修的曾孙。杨修因为玩小聪明，破译了曹操的军事口令“鸡肋”，曹操一怒之下把杨修杀了。杀头归杀头，却没有斩草除根。杨家后人在辗转迁移到泸州时，出了个英雄杨行愍（密）。他早年参加黄巢起义被俘。后来干脆自己纠集一批亡命之徒，呼啸于江淮之间。正如欧阳修在《新五代史》中说，“杨行密起于盗贼，其下皆骁勇凶暴，而乐为之用也”。唐末的五代十国，乃是个大分裂的时代，杨行密虽然当了吴王，但是杨行密最初掌握的军事力量是由淮南民间豪强所组成的武装，他初期的部将皆出自社会底层。后来杨行密打败了比自己强大的军阀孙儒，收拢了孙儒残兵。其中有一个名叫刘金的人，被杨行密看中。这刘金乃是个不务正业的流氓光棍，打架耍横、拼命死磕有一套。在杨行密的眼里却是条英雄好汉，于是屡屡被重用提拔。很快刘金便成长为杨行密手下的得力干将。杨行密正式建立南吴国以后，刘金是当然的开国功臣，于是杨行密就把寿州淮南以东的大片土地赏给了刘金。刘金穷汉子暴富，一下就嘚瑟起来，盖别墅、起豪宅，大肆搜刮珠宝珍玩。但是好景不长，杨行密 54 岁时暴病身亡。南吴国传了二世也就灭亡了。手下干将刘金等也纷纷作鸟兽散。

欧阳修第一眼看到这块菱溪石时，就断定这绝不是普通人家小花园里的摆设，必定是大富大贵的人家才能享受得起。果然经过大量的考证，他证实了这块菱溪石的主人原来就是刘金，菱溪石就是他家花园里的陈设。当时一共有六块奇石。其中的五块小石不知被什么人弄走了，只剩下这块最大的，实在弄不动了只好遗弃在这溪水里。从南吴灭亡到宋庆历年间已经100多年过去了。

欧阳修的考察结论，在他的《菱溪石记》里写道：菱溪在各类图册经籍中都没有记载。只有唐代会昌年间，刺史李渍写了一篇《荇溪记》，说：荇溪水出永阳岭（即琅琊山），向西从皇道山下经过……今年因为天气大旱，大石从塘底暴露了出来。而现在的这个荒野的河滩，当年正是刘金家的花园。

欧阳修的《菱溪石记》终于有了较为圆满的结论——菱溪旁有一处砖瓦遗址，据考证就是以前将军刘金的住宅，奇石乃是豪宅花园的摆设。欧阳修说："刘金是伪吴时候的贵将，他和杨行密在合肥举事，刘金号称"三十六英雄"之一。在乱世之中功成志得的人，很难满足富贵的嗜欲。但是，如今刘金的后人怎样了呢？好像没有什么出类拔萃的人才、人物。"

欧阳修最后感慨地说："刘金已不值一提，他虽有野心，但也不能长久地占有这块奇石。奉劝那些喜欢奇异珍玩的人，只要懂得欣赏就行了，何必要占为一己私有，只供自己独自观赏呢！"

于是欧阳修用了三头牛，把大石从泥里拖拽到岸上，然后拉到丰乐亭中，作为滁州老百姓人人皆可赏玩的公共之物。

又过了若干年，菱溪大石被人从丰乐亭迁移到了醉翁亭。也许是更加便于民众前来观赏吧！

马娘娘的梳妆台

琅琊山的山脚下原有一条龙池街，因旁边山坳的“龙池”而得名。龙池正式的名字叫“柏子龙潭”，最早是汉代采铜井坑形成的一个深潭，水面约有一亩见方，深不知底，潭水像水银般闪亮。宋代，欧阳修曾在此带领百姓祈神求雨，颇为“灵验”。到了元末，朱元璋率军队打下滁州时，正遇滁州大旱，朱元璋带人来祈雨，也很灵验。朱元璋当上了皇帝后，觉得这龙潭是他的发祥地，于是令人写了一篇《祭柏子潭神龙文》，并且敕令在潭边建筑“五龙祠”，安放“御制柏子潭神龙效灵碑”，显赫一时。

但是随着岁月的变迁，池边的建筑渐渐都损毁无存了。龙池只剩下一个井坑和坑边高高低低的裸露岩石。其中有一块较大的岩壁陡峭地耸立着，人们发挥想象，说这块岩壁就是当年朱元璋的结发妻子马娘娘的梳妆台。

娘娘马氏，本名马秀英，宿州人，生于1332年，幼年丧母。父亲马公与当时的义军头领郭子兴熟识，就拜托郭子兴领养马氏，自己云游去了。1352年在郭子兴的主持下，把马氏嫁给了机灵勤快的小亲兵朱元璋。后来马氏与丈夫转战南北，患难与共，不但精心料理着丈夫的起居衣食，而且常常以女性“护犊”的精神解救丈夫的危难。一次在与陈友谅的交战中，朱元璋身受重伤，马秀英背起丈夫就跑，冲出了敌人的包围圈。多年以后，朱元璋与马秀英为一件小事争吵，朱元璋不但出言不逊，而且要惩治马娘娘的“欺君之罪”。这时候他们的大儿子朱标实在看不下去了，就把画工画的一幅“高皇后救太祖”的画扔给了朱元璋。朱元璋看了顿时羞愧难当。

当初，马氏与朱元璋结婚以后，发现郭子兴与朱元璋翁婿之间有点“不对付”，她猜出了翁婿俩各自的心思。义父郭子兴当然是居高临下地看待朱元璋，但是朱元璋又岂是甘受屈辱、久居人下之人？于是，当朱元璋向马氏略一透露自己的心事：想另起炉灶，分家单过的想法时，马氏就不动声色地暗中替朱元璋默默地做起了各种准备。终于，朱元璋在马氏的劝导和暗中串联下，与他当年一起放牛的小伙伴结成了生死弟兄。后来，找一个借口：去到旁边的定远县向一个刘姓大财主家借钱借粮，于是带着这 26 个小兄弟，奔出了临淮关濠梁城，从此，龙入大海。

马皇后一直陪伴在朱元璋的身边，事无巨细地帮朱元璋打理各种事情。她做人做事处处以仁慈、宽厚为基本原则。无论政事、家事，不管人际关系多么错综复杂，她都能以智慧、善心，加以劝解、调和，努力化解各种矛盾，把事情处理得妥妥帖帖。不但朱元璋乐意接受，就连朝中的大臣、功勋、亲戚、故旧，乃至太监、宫女也都钦佩不已。尤其是朱元璋当上皇帝以后，脾气越来越暴戾、凶残，猜忌，常常因为一点小事就要诛杀大臣。早年随他起义打天下的功臣，到后来几乎被他斩尽杀绝。最后连文学家宋濂也因他无端猜忌，而差一点身首异处。后经马娘娘巧言譬喻，才使宋濂逃过了劫难。

马氏虽然贵为皇后，但她自奉节俭，衣服穿破了还要补了再穿。一次听女史讲元世祖昭睿顺圣皇后用旧弓弦织线，可以做衣服穿，马皇后就亲自带头，和宫女一起，把旧布料重新纺织，做成盖被、巾褥，赠送宫外的孤寡老人。马皇后与宫女们相处，也非常慈惠和睦。

明初浙江商人沈万三，因“富可敌国”而遭朱元璋的嫉妒，朱元璋几次勒索沈大财主的钱犒赏军队、修南京城墙。还想要捏造个“乱民”之罪杀掉他。但是马皇后劝阻说：“国朝新立，以莫须有罪名杀人于国不利。”朱元璋听了，便把沈万三流放到了云南，好歹保了一条性命。

马氏没到50岁时生了重病，为了避免朱元璋怪罪到医生的头上，干脆不让医生为她治病了。她说：医生只能医病，不能医命。我自知服药已无效，但是皇帝还是会责怪你们医生的，所以我什么药也不用了。皇帝要是怪罪下来，就与你们无关了。

洪武十五年（1382年）农历八月，马氏病逝于南京，享年51岁。谥号“孝慈高皇后”。

马氏是明代以后，历史学家们公认的中国封建社会的第一贤后。《明史》赞马皇后：“母仪天下，慈德昭彰。”

当年，由于朱元璋的大肆张扬，柏子潭因“神龙效灵”名噪一时。但是滁州百姓把这种敬爱之情转移到了马娘娘的身上。

马娘娘马秀英，在老百姓的心目中永远像当年的村姑一样，那么仁慈、那么宽厚，那么勤劳、那么简朴！

史书上记载，马皇后出殡那天，南京百姓几乎倾城而出，自发为她送葬。时值盛夏，那天忽然电闪雷鸣，下了一场瓢泼大雨，而扶老携幼的万千百姓，谁也不愿躲避，在大雨中抑制不住地大声恸哭。

马娘娘去世的时候，宫女们感怀她的恩德，还自发创作了一首哀乐，歌唱她、悼念她："哀我皇妣兮，高天慈云；厚德愍我兮，春晖融融……"

渐渐地，丰山的崖壁就被传说为马娘娘的梳妆台。龙潭的那一池清澈晶莹的潭水就成了人们心中一面明亮的镜子。

老百姓的心永远都是一面明亮的镜子。

师生情重醒心亭

2018年，滁州市在打造“亭城”的建设中，久享盛名的醒心亭修复建成了。

曾巩是“唐宋散文八大家”之一，宋代文学革新运动的主将；也是欧阳修的学生，由欧阳修一手扶持起来的后学青年才俊。欧阳修在滁期间，曾巩作为一个落第秀才，曾追随着遭贬的老师而来。在琅琊山下、幽谷泉畔，师生相伴，朝游夕览，诗文对答，度过了一段快乐的时光，留下了大量的诗词文章。

曾巩是江西南丰人，才情很高，人品很好。早年他的文章辞采华丽，喜欢雕琢词句，排比堆砌，玩一些雕虫小技。后来经欧阳修的批评指教，渐渐形成了简约平易、笃实清丽、含蓄晓畅的健康文风，继承发扬了欧阳修倡导的“文以载道，唯陈言务去”的古文运动宗旨和文学风格。

曾巩来滁那年是28岁，在文坛上尚无名声。但是在此之前，欧阳修已经发现了他这个人才。庆历初年，朝廷开科取士，曾巩的文章因不合考官制定的“明经墨义，声律对偶”标准而名落孙山。欧阳修为此义愤不平，专门写了一篇《送曾巩秀才序》的文章，一面痛斥考官“拘于成法，废弃有用之才”；一面赞扬曾巩虽然落第，却能“思广其学而坚其守”；同时对不合理的考试制度大声疾呼：“何其久而不思革也？”

曾巩考场失利，彷徨苦闷，没有出路。因为这次曾巩是和他的弟弟曾晔一同去京城赶考，而且都没考取，所以家乡的一些浅薄之辈就编了一首打油诗取笑道：“三年一度考场开，落杀曾家两秀才。有似檐间双燕子，一双飞去一双来。”在这种压抑之下，曾巩一面“力教诸弟不怠”，一面自己外出求学，千里迢迢来到了滁州，投奔欧阳修。

当时，滁州的丰乐亭、醉翁亭、醒心亭已经相继建成，欧阳修撰写了《丰乐亭记》和《醉翁亭记》，而把写作《醒心亭记》的任务交给了曾巩。曾巩不负师望，把《醒心亭记》写得十分精美。全文仅300多字，但是“情、景、事、理、论”水乳交融，简约凝重。

十年之后，欧阳修当了一次主考官，顶着巨大的阻力，选拔了一批文坛革新派的青年新秀，其中除了曾巩，还有苏轼、苏辙、程颢、张载、朱光庭、吕大钧，等等。“唐宋散文八大家”中，这一次就升起了三颗新星。

后来，曾巩官擢中书舍人，典修国史。回想当年，背着数十万言的文稿，在京城没人理睬；而在滁州，与欧阳修虽有师生长幼之别，却被待之如宾，相交忘年。所以，曾巩对滁州的山水不仅仅是喜爱，更有着一种景仰之意。他在《醒心亭记》中说：“后百千年，有慕公（欧阳修）之为人而览公之迹，然后知公之难遇也。”又说：“滁之山水得欧公之文而愈光。”这些话也正在被今天的现实所证明。

庶子泉与濯缨泉

琅琊寺明月观后院的岩壁下，有一座四方形、边长约 4 米的方池，围以石栏望柱，盛着一泓清泉，水质晶莹澄澈，水中游鱼清晰可数。水源出自山崖石罅中，滋味醇美甘甜。泉边的石壁上铭刻着“濯缨泉”三个斗大的楷体字。字下落款的书丹者是莆田郑大同，镌刻于明嘉靖三十二年（1553 年）。

其实，这泓清泉在 700 多年前的唐大历六年（771 年）就已经名传天下了。但是那时候它不叫“濯缨泉”而叫“庶子泉”，是当时的滁州刺史李幼卿开发琅琊山的第一批景点。李幼卿官太子右庶子，所以人们就称此泉为“庶子泉”。

虽然庶子泉开发的时间很早，但是庶子泉的名气不是因为开发者李幼卿，而是因为唐代的一位名人李阳冰。李阳冰是唐玄宗时代的文学家、书法家，谯郡亳州人氏。诗人李白的从叔。唐大历年间任集贤院学士。他在安徽当涂任县令时，李白来投奔他，并在他家住了很长时间，而且李白临终时把自己的诗稿交给了李阳冰。李阳冰为李白诗稿编了诗集，还写了序。李阳冰“善词章、工篆书，笔法独步千古”。他写的《谦卦碑》，后人评之：“笔法尤为瘦健，运笔如蚕吐丝，骨力如绵裹铁。”李阳冰的铁线篆代表作，就是“庶子泉铭”。可惜的是此碑不知何时已消失无踪了。

到了北宋时期，欧阳修在京城任馆阁校勘时，正逢朝廷征集天下的古碑石，有幸看到了拓碑。后来到了庆历五年（1045 年），欧阳修被贬滁州，一心寻找原碑石，但是庙里的方丈慧觉禅师告诉他，此碑早已无存。欧阳修听了，在禅师指示的地方，久久徘徊不愿离去。之后，欧阳修以无限惋惜的心情写了一首《石篆诗并序》，并且把诗和序文寄给了苏轼和梅圣俞，分享了他的遗憾。诗云：“我疑此字非笔画，又疑人力非能为。……山只不欲人屡见，每吐云雾深藏埋。群仙发空欲下读，常借海月清光来……”欧阳修称赞说：“我怀疑这笔画不是人能写出来的；连山神都舍不得人来人往地观看，而喷吐云雾把碑石隐藏起来；天上的神仙也想下界来观赏，常常借着海上生明月的光亮悄悄地来。”多么绝妙的想象。

时间又过了 500 年，到了明代的嘉靖三十一年（1552 年），来了一位进士，名叫郑大同，他来滁州任南京太仆寺卿。太仆寺是大明朝的中央机构，而办公地点就在滁州琅琊山下。官员们官高、位尊、事闲，又都是啃着书本、喝着墨水长大的，琅琊山自然是他们梦中追求的逍遥仙境。但是此时的庶子泉早已今非昔比，那享誉天下的“庶子泉铭”更是杳然无迹，唯余岩壁耸立、石罅浸浸，一泓清泉依旧。于是郑大同先生在同僚们的怂恿下，提笔写了“濯缨”两字，赢得一片喝彩叫好。

秀才们自然都懂得“濯缨”是什么意思。而我们则是需要查查汉语词典的。原来，这个词源自屈原流放的故事。屈原在汨罗江畔行吟，遇到一个打鱼的老人。老人说：“三闾大夫呀，你近来脸色不好，明显消瘦啦！”屈原说：“是的，身体确实差了，但是我的精神不倒。我绝不会向邪恶的势力妥协，哪怕世上的人全都浑浑噩噩，我也要保持高度的清醒和正义，只要我一息尚存，就会与恶势力抗争到底的。”

打鱼老人笑道：“我说三闾大夫呀，你难道不懂‘圣人不凝滞于物’的道理吗？你难道没听过楚国的民歌吗？——沧浪之水清兮，可以濯我缨。沧浪之水浊兮，可以濯我足……君子处世，遇治则仕，遇礼则隐？”

屈原说：“我是不会随波逐流的。”

老人说：“与世推移，与时俱进，也不是什么耻辱啊。既然大家都喝醉了，那你也不妨去睡一觉嘛。”老人说完，用船桨敲着船帮唱着歌远去了。

“濯缨”，形容此水至纯至洁，寄寓了一种清净不染、高古旷达的理想。但是这种愿望往往与现实的差距很大。是水，总有浑浊的时候。要使浑水变清，需要时间，需要等待，需要忍耐。这对现实生活中的人，也是一种智慧的考验啊。

其实，古圣贤对于人生的选择自有一套智慧。就是孔夫子说的，“邦有道，危言危行；邦无道，危行言孙”。就是说如果时代清明有道，那就正言正行；时代混乱无道，那就坚守内心底线，顺应趋势，只是言行要随和谨慎一些。

是的，当我们为李阳冰的铁线石篆而惋惜不已的时候，这位文化人的郑大同先生却从另一个角度为我们上了人生处世的一课，又有诗意，又很实用。

棠舍芥舟长者训

棠舍，一位长者的为政之道

丰乐亭庭苑，保丰堂的后进，是唐宋贤守祠，又名“危楼”，有“崇高、峭立”之意。危楼的两侧是东西两间小厢房。左边叫“棠舍”，右边叫“芥舟”。这两间看上去不起眼的小屋却内涵深厚。“棠舍”源于一位优秀历史人物的故事，“芥舟”是位大哲学家说的寓言故事。这两个故事对每个人都很有启示教育意义。

“棠舍”源于3500年前的一个历史掌故。“甘棠”本是一种野生的树木。有一位年高德劭的长者经常坐在树下，给围绕在他身边的大人小孩讲述各种各样的故事。大家都非常喜欢他，敬重他。而在讲故事之外，他还有一项更加重要的任务，就是调解民间的各种纠纷。在调解的过程中，他根据不同的人、不同的事，采用各种不同的教育手段和方法。有的亲切安慰，有的好言相劝，有的严肃训诫，有的则协助官府加以惩戒。所以他所到之处，社会风气良好，风清弊绝，人民友善。

那么他是谁呢？他是周武王的弟弟，姓姬名奭（shì），因为他的采邑（即封地）在召地（今陕西岐山县西南），所以人们都亲切地称他“召公”，有的人更亲切地喊他“召伯”。

召公去世以后，老百姓都非常怀念他，把哀思寄托在甘棠树上，不愿采伐，并且作《甘棠》之诗而歌咏之。

召公的故事在民间流传很广。《诗经》中还有他专门的篇章：《国风·召南·甘棠》一首三节，其诗句为：

> 蔽芾甘棠，勿剪勿伐，召伯所茇；蔽芾甘棠，勿剪勿败，召公所憩。蔽芾甘棠，勿剪勿拜，召伯所说。

召伯以德政治天下，应天时、顺民心，使他治下的地区社会安宁，民风淳朴。人们一直感念着召伯的恩德，把召伯处理民间事务的地方称作“召伯听政处”。召伯如此为政，也算是一种为官理政的千年典范了。此后，人们便把“棠树”比喻为领导人的惠政、德政、仁政、廉政、勤政的象征。

“芥舟”，一位智者的处世之道

我们再来看“芥舟”，这两个字来自《庄子·逍遥游》。庄子说：“覆杯水于坳堂之上，则芥为之舟，置杯焉则胶，水浅而舟大也。”翻译成白话就是：假如倒一杯水在堂上的低洼之处，这时把一片芥叶放在水面上，那么芥叶就成了小船，可以在水面上荡来荡去。如果把杯子放在水面上，杯子还能荡来荡去吗？不能。为什么呢？船太大，而水太浅了。所以，这个故事说的是，“比例”与“度”的协调关系。我们做人、做事，乃至做官，一定要把“度”掌握好。历代的成语中“过犹不及”“矫枉过正”“物极必反”等，都是过了“度”。一个真正会办事的人，需要的是“事缓则圆”的心态和效果。

祇园巨型摩崖

庄子是战国时期的“故事大王”，他的《庄子》《南华经》等著作讲的全是寓言故事。故事诙谐、生动、幽默，但都寓意政治和人生、哲学辩证，启人思考、耐人寻味。有些看似简单的小故事，能让人苦苦思索很多年而找不出答案。所以在丰乐亭这样一个地方，辟一厢小房，写上“芥舟”二字，设计者可谓用心良苦。

当年，欧阳修修建丰乐亭的时候，筑“棠舍”“芥舟”两小厢，真是画龙点睛的一笔！

林翔与祇园摩崖

琅琊寺祇园西边的山壁，有一片摩崖石刻群。其中一块最高大的石刻，高约 10 米，宽约 2 米，上刻“南无阿弥陀佛”六个古拙的篆书大字。

祇园，是佛教寺院园林的名称，全名为“祇树给孤独园”，是古印度一个名叫“给孤独”的有钱长者和一个名叫“祇陀”的王太子，赠送给释迦牟尼佛讲经说法的场所。后来佛教的很多园林都喜欢使用这个名字。

那么，是谁能在这佛门圣境书丹如此巨大的摩崖石刻呢？我们来看看左下方的落款“闽侯林翔”。“闽侯”是地名，即福州的闽侯县；“林翔”是人名，即“虎门销烟”的民族英雄林则徐的曾孙。摹刻的时间是“民国二十二年（1933 年）十月”。

1933 年正处琅琊寺的兴旺时期。那时的住持僧达修和尚正在年富力强之际，交游十分广泛。那时候，林翔在南京任最高法院院长。虽然他只题写了“南无阿弥陀佛”六个字，但是这六个字的涵义是“无量寿、无量光、无量慧、无量心、无量能、无量强”。林翔在这样一块“宝地”，题写这样广大无边的佛号，也是对他的曾祖林则徐的一种具有“无字碑式”的昭彰祭奠。

林则徐，大家都知道，他是中国近代史上的“第一英雄”，他点燃了近代史上中华民族抗击外来侵略的“虎门销烟”第一把火。由于当时清政府的腐败昏庸，对外巴结讨好，对内手段卑劣。竟惩罚自家英雄，向外来强盗献媚。于是林则徐被无端革职、充军，发配新疆伊犁。

林则徐在被发配新疆启程的前夕，向妻子口占一联：“苟利国家生死以，岂因祸福避趋之。”恩爱夫妻，生离死别之际，不是凄凄哀哀，而是舍生取义。

林则徐做官是个好官，居家是个好丈夫、好父亲。

他清廉正直，绝对不贪。十年后他 66 岁去世时，只能拿出几百钱分给几个儿女。这是他的全部遗产。他说：“子孙若如我，留钱做什么？贤而多财，则损其志；子孙不如我，留钱做什么？愚而多财，益增其过。”

作为一个“佛教护法人”，他也是最好的居士。不但每天念诵佛经不辍，而且无论公务怎样繁忙，他都能坚持静虑、参悟。甚至在发配边疆的途中，还专门制订了《行舆日课》的计划，每日坚持抄经。

林则徐是个心存大孝之人。过去人说“一日为师，终身为父”，他对自己的老师事若恩人，恩师去世后，他对师母仍然事之如母。即使居官在外，也经常托人带一些银钱接济恩师的遗孀。每次包银钱的纸上都恭恭敬敬地写着“福州太平桥郑师母”。久之，人们又发现，包银钱的纸都是他办公用的“禀帖（红纸）”，从这些小的细节我们不难看出，林则徐是怎样的一个赤诚孝义而又清俭节约、宅心仁厚的人。

关爱民生更是他菩提心、大爱心的具体体现。林则徐任江苏按察使时，江苏大雨成灾。灾民无以为生，聚集起来向官府请愿。有人主张镇压，但林则徐力主抚慰。他一面乘船深入灾区抚慰百姓，一面制定救荒措施。而且巧妙地运用智慧，促使当地富豪官僚开仓散粮。

林则徐一生多才多艺，他爱好诗词、楹联，著有《云左山房文钞》《云左山房诗钞》《使滇吟草》和《林文忠公政书》等著作。所遗奏稿、日记、公牍、书札、诗文等，后被辑为《林则徐集》。

人称宋代双绝欧文苏字的宝宋斋，始建于明代

他的书法艺术极臻佳境，他抄录的佛典手稿，每一部都堪为后人学书的法帖。

林则徐的子孙数代都是书香不断，曾孙辈中有进士、举人多人。其曾孙林翔，就是一个较为优秀的代表。林翔，1881 年生，字璧予，幼读庠序，后入福建法政学堂，东渡日本，获明治大学法学博士学位。在东京加入同盟会。回国后于 1918 年 3 月，追随孙中山大元帅，任广东高等检察厅检察长。历任军政府总检察厅检察长、惩吏院委员、中央法制委员会委员等要职。1927 年，任军政厅军法处处长。1933 年 3 月，任考试院铨叙部部长。

林翔致力于世界和平事业。他不仅出版了林则徐《禁烟奏稿》等著作，同时刊行了林则徐学佛的心得遗稿，以及林则徐手抄的《行舆日课》《金刚经》《净土资粮》《大悲咒》《弥陀经》等。

今天我们在琅琊寺祇园凭吊这块“无字的丰碑”，该有怎样的感慨呢？！

二十一“也”天下绝

公元 1046 年（北宋庆历六年），春天来了，琅琊山又一年的轮回开始了，满山葱绿，无限生机。琅琊寺的智仙和尚给新来的太守欧阳修建了一座小亭子。智仙那时已是得道的高僧，载入禅宗史册《五灯会元》。通过一个冬天的观察，他发现欧阳修是个很不错的领导，文才高，没架子，性格随和，好接触。智仙同时还发现，这个欧阳老爷太爱喝酒了，几乎天天带着酒水上山来，“我欲四时携酒去”。智仙想，不能让太守天天在这野地里与人饮酒吧。再说他老人家喝了酒还要做诗呢。于是智仙决定在这山上建一座小亭子。

亭子建好了：四根立柱支一个顶，成了！山上有的是大树，有的是茅草。欧阳修看了，满心欢喜：“我怎么表示感谢呢？”好，有了：“环滁皆山也……望之蔚然而深秀者，琅琊也……有亭翼然临于泉上者醉翁亭也……作亭者谁？山之僧智仙也……名之者谁？太守自谓也……”

欧阳修欲罢不能，接下来一口气锦心绣口，口吐莲花般地又喷吐出十四个“也”来！真是神来之笔！

“二十一也”的《醉翁亭记》一出，顿时“滁州纸贵”，无论缙绅商贾、秀才童生，乃至贩夫走卒，渔樵舟子，都争相传阅，后来，欧阳修为承蒙众人的厚爱，亲自刻了一块小石碑供人们参观。但是不久石碑竟被磨平。直到欧阳修去世四十年以后，时任滁州知州的王诏，才拜托苏轼重写了两块大碑。

《醉翁亭记》是文学作品，它是欧阳修的神来之作。《醉翁亭记》是醉翁亭的灵魂，要想真正地欣赏醉翁亭，必须熟读《醉翁亭记》，要反反复复、反反复复地读，要熟读成诵。唯其如此才不负醉翁亭的名气，不负《醉翁亭记》的伟大历史价值。

“醉翁之意不在酒，在乎山水之间也……山水之乐得之心而寓之酒也……人知从太守游而乐，而不知太守之乐其乐也……醉能同其乐醒能述以文者，太守也……”

熟读吧，“二十一也……”，除此一切的赞美都是多余的唠叨。

背诵吧，“二十一也……”，一唱三叹，九转回肠，天下文章至此绝！

滁州文化丛书

CHUZHOU WENHUA CONGSHU

人物故事

明代滁州城图

韦应物流连西涧

公元782年，是唐德宗建中三年的秋天，45岁的韦应物来到滁州“领滁州刺史”——就是任滁州的州长。这时候他的行政级别是“正四品下”。比前年在京城任“比部员外郎”升了两级。但是他那郁郁寡欢的神情在告诉人们，他非常不快乐。为什么不快乐呢？且让我们来了解一下韦应物这45年的人生有着怎样的经历。

公元755年，安史之乱爆发，大唐王朝一下从富强盛世急转直下走向衰落。韦应物的性格、志趣、人生态度，乃至“三观”也从此发生了几乎是180度的大转变。

公元750年(玄宗天宝九载)，韦应物14岁时，以“门荫补右千牛”。“千牛”是侍立在皇帝左右的警卫人员。唐代设左右千牛卫，为近卫军之一。“门荫”就是祖上的阴德。韦氏家族在唐代以前的历史上是传衍几百年的名门望族。史称“自汉至唐，代有人物，衣冠鼎盛，为关中望姓之首”。虽然韦应物的父亲是个文化素养很高的画家，但是以这样的背景，就能使14岁的韦应物跻身“千牛”吗？那么，除了他的家世因素，就是他的个人条件和表现了。

第二年，韦应物15岁，又升了一级，以“三卫郎”作为玄宗近侍，扈从游幸（跟着皇帝到处游玩），可以自由出入宫闱，同时，“入太学附读”。但是在此期间，他“无赖恃恩私，身作里中横。朝提樗蒲局（赌博），暮窃东邻姬。司隶不敢捕”。就是说他仗着皇帝的威势，豪纵不羁，横行乡里，欺压百姓，犯了法，连警察也不敢来逮捕。老百姓更是敢怒不敢言，“乡人苦之”。

20岁时，天宝十五载（756年），韦应物结婚了，夫人元苹，16岁，也是个名门望族的千金小姐。

23岁时，是唐肃宗乾元元年（759年），老皇帝唐玄宗因舆论压力退位，韦应物也随之“撤出三卫”成了普通人。但是，令所有人想象不到的是，韦应物从此开始“折节读书”了。“折节”，就是屈己下人，努力克制自己，改变过去的不良行为，痛改前非，他的诗歌创作也从此开始了。在韦应物后半生的做官和做诗的过程中，他的爱心、仁慈、克己、自律，以及政治理想和诗才天赋，一起伴随他的抑郁和孤独，展现无余，完整一体。

韦应物来滁州时，他的结发妻子元苹已经去世好几年。可以想见，滁州即使有很美的风光，在韦应物的眼里大概也是无感的。更何况第二年就遇上了大旱。田园荒芜，收成大减。很多人家交不上租税，有的甚至揭不开锅。韦应物悲天悯人，早已把“官职”置之度外，睁一只眼闭一只眼。租税交不上那就不交吧。老百姓也猜出了长官的为人和心思，大家心照不宣，结果全体都不交了。这事可没有不透风的墙，上面知道了，这怎么行？！你这个刺史是怎么当的？

韦应物知道，这种情况下一切声辩都是多余。于是回到寓所静静地写了一首诗：

寄李儋元锡

去年花里逢君别，今日花开又一年。
世事茫茫难自料，春愁黯黯独成眠。
身多疾病思田里，邑有流亡愧俸钱。
闻道欲来相问讯，西楼望月几回圆。

诗的大意是：与老朋友相别一年了，花开花落，但是世事难

纪念先贤守王禹偁欧阳修的二贤堂

料啊！不知为什么，我经常忧愁地睡不着觉。身体有病算不得什么，心里想着田里的事让我焦虑。老百姓已经纷纷逃荒去了，我怎么还能心安理得地拿着俸禄呢？这都是民脂民膏啊！你说你一直想来看望我，我站在衙署的西楼上，一次一次地望着月亮，圆了一次又一次……但是你还没来。

没有厉声长啸，没有愤怒控诉，就这么淡然地说，听着却更让人心碎落泪。

韦应物的田园诗有许多是写滁州农家的。如“西涧种柳”“西涧种瓜”“滁城对雪”，等等。特别是一首《观田家》，写得清新、优美而真实。

微雨众卉新，一雷惊蛰始。
田家几日闲，耕种从此起。
丁壮俱在野，场圃亦就理。
归来景常晏，饮犊西涧水。
饥劬不自苦，膏泽且为喜。
仓廪无宿储，徭役犹未已。
方惭不耕者，禄食出闾里。

但是个人的良心发现总归抵不住官场的强大规则：为官一方，征不上粮食租税来，结果只能是罢官归家。但是那时候的韦应物哪里有家呢？妻子死了，家就塌了一半。更重要的是此时的韦应物连回家的路费盘缠也没也了。衙门不准呆了，只能流浪露宿——这好像有点匪夷所思。但是传诵千年的《滁州西涧诗》的确就是韦应物在滁州西涧流浪时的行吟之作。

首先我们来说说诗题“滁州西涧”，其实滁州直到现在也没有一个正式叫做“西涧”的地方。有个“西涧湖”，那是1958年“大跃进”的产物，早先叫“城西水库”，一直叫了50年，如今开发旅游了，才借重韦先生的诗名改成“西涧湖”。“涧”是夹在两山之间的水沟，是倾泻山洪的天然渠道。所以，“涧”的水位不可能像河流那么固定。滁州西面的群山沟壑纵横，不知道哪一场大雨会在哪一条山谷里形成涧流，所以，我们真的没有必要按图索骥地去寻找。

“独怜幽草涧边生”，孤独是韦应物诗词的基调，形只影单，茕茕孑然，像涧边的小草一样，那么弱小而无助，但又那么倔强而顽强。

“上有黄鹂深树鸣”，“黄鹂”鸣叫也许是欢快的，但是我们的诗人韦应物，此刻的心情能欢快起来吗?

“春潮带雨晚来急”，该下雨的时候不下，不该下雨的时候偏偏越下越大。真不知何处是归宿?

“野渡无人舟自横”，空荡荡、苍茫茫，一叶轻舟，湍急水流，知音难觅，何处话凄凉?何处诉衷肠?

千百年来，人们无不把《滁州西涧》解读得那么清新婉丽、诗情画意。岂知其内里的一切苦楚酸涩，都被诗人自己吞咽了。其背景是：滁州当年因灾歉收，人民难以交纳租税，韦应物上书为民请命免交，而被罢了官职。落职后，韦应物连回京的路费也没有了，于是走进西山，独行涧边，怜幽草、听黄鹂鸣叫、寻野渡、觅舟子，终于成就了一首“情伤景美”、千古绝佳的好诗。

韦先生是山水田园诗派诗人，后人每以“王孟韦柳”并称（即王维、孟浩然、柳宗元）。他的作品有：10 卷本《韦江州集》，2 卷本的《韦苏州诗集》和 10 卷本的《韦苏州集》。他为滁州留下的诗歌大约有 20 多首。其中有许多诗的题目都带有“西山、西涧、西窗”的字样。

滁州之西，群山连绵。夕阳孤影，在山间小路彳亍独行的韦应物。至今仍受到滁州人民的崇敬！

王禹偁滁城闻鹑

王禹偁（954—1001），字元之，山东巨野人，是北宋时期的文学家和军事家。历任右拾遗、左司谏、知制诰、翰林学士等。老王 30 岁那年才考中进士，踏入仕途。但是由于他性格耿直，实话实说，得罪了不少人。

公元 995 年（至道元年）正月，王禹偁刚刚官拜翰林学士，不久即以谤讪朝廷的罪被贬知滁州。那一年他 42 岁。

二贤堂内王禹偁和欧阳修的塑像

王禹偁带着妻儿来到滁州的第一个夜晚，全家人被猫头鹰的叫声吵闹地彻夜不安。于是王禹偁披衣下床写了一首长诗。

那是一首著名的五言长诗《闻鸮》。“鸮”，也叫猫头鹰，叫声特别凄惨。老王说，以前在都城、皇城里，听到的都是莺歌燕唧：“上林闻莺啭，巧舌如笙簧。”而他绝对想象不到这荒野猫头鹰的叫声竟然能吓死人。

诗中的主题句子是：

鸱鸮徒知名，闻见实未尝。
顷年谪商山，听之已悲凉。
孺人泣我右，稚子啼我傍。
今兹出内庭，罚郡来永阳。
四年两度黜，鬓发已苍苍。
夜深闻此鸟，韦公涕沾裳。
报国惟直道，谋身昧周防。
教儿勤稼穑，与妻甘糟糠。
凤来非我庆，鸮集非吾殃。

我们对这一段略作解释一下：来到滁州的第一个夜晚，全家人已经困倦不支，突然“哇——”的一声惨叫，把刚刚入睡的妻子和儿子吓醒了。妻子在左边哭，儿子在右边哭。今天是被贬黜罚来滁州的第一天。四年之内自己已经两度遭贬。如今虽然才 40 多岁的年龄，但是头上的鬓发早已完全苍白。滁州城墙上这种鸮鸟的叫声实在太凄惨、太可怕了，难怪当年困境中的韦应物（唐滁州刺史）听到鸮叫也涕泪打湿了衣裳。

但是，王禹偁写到这里，并没有哀叹，灰心、消沉、绝望，也没有诅咒、谩骂。而是笔锋一转，“报国惟直道”，此身报效国家就是要堂堂正正，不逢迎，不谋私。但是由于官场的潜规则，今后肯定还会遭遇各种各样的麻烦甚至是打击陷害。那么我就教儿子学会干农活，自食其力。而我与妻子也准备去过吃糠咽菜的日子。将来，不管发生什么事情，即使凤凰飞来，我也不会感到特别的高兴；即使猫头鹰成群地聚集，我也不怕给我带来灾殃。

王禹偁在滁州工作不到两年，他在这短短的两年时间里主要做了两件事：一是“为民争利”；二是推行教化。

一个封建官吏，能站在老百姓的立场上，为老百姓的利益代言，这是很不简单的。比如酿酒、煮盐、冶铁、铸钱等行业，自汉代以来就被官方和地方上的各类恶霸豪强打着专营的旗号实行垄断，形成一个巨大利益集团。而且“官、商、黑、恶”互相勾结，进一步形成各种各样缠绕不清的利益链。当然凭着知州一人的良心和力量绝不能有丝毫撼动。但是他用文章、诗歌的形式不停地呼喊着，控诉着，揭露着，为老百姓代言。例如，当时设立在江西饶州的铸钱厂，需要各地州县上缴木炭。滁州的木炭运到饶州，要经水陆辗转。王禹偁经过考察，及与有关方面周旋、协商，在池州设立了一个铸钱分厂。滁州的碳只要送到池州就行了。这样，就减轻了一半的负担和耗费。这件事记录在王禹偁的一篇奏章里。

滁州自古民风淳朴，盛行山歌，岁时丰稔，安居乐业，人们放开嗓子大声歌唱。手牵着手，摩肩接踵，旋转回环。戏谑声、欢笑声此起彼伏。推行教化而尊重民俗，创建文明、和谐、开化进步的社会风气，这正是地方官的重要职责。

至道二年三月王禹偁做诗《唱山歌》。

滁民带楚俗，下里同巴音。
岁稔又时安，春来恣歌吟。
接臂转若环，聚首丛如林。
男女互相调，其词非奔淫。
修教不易俗，吾亦弗之禁……

至道二年（996 年），王禹偁正满怀雄心壮志地想在滁州任上有所作为，调令来了：移知扬州。令人扼腕叹息的是，四年以后，王禹偁竟然一病不起。一腔豪情抱负、一身文才武略，最终“一生襟抱未曾开……”

如果我们对王禹偁、欧阳修两人的身世略加留意就不难发现，他们两人无论出身、性格、文才、经历都非常相似。欧阳修在滁州期间，曾为其赋诗一首：

偶然来继前贤迹，信矣皆如昔日言。
诸县丰登少公事，一家饱暖荷君恩。
想公丰彩常如在，顾我文章不足论。
名姓已光青史上，壁间容貌任尘昏。

所以醉翁亭里辟有一间雅阁，名叫“二贤堂”，专门纪念王禹偁和欧阳修。堂内有一副对联写道：

谪往黄冈，执周易，焚香默坐，岂消遣乎？
贬来滁上，辟丰山，酌酒述文，非独乐也！

诗人不幸山水幸

——欧阳修的 1045

公元 1045 年，是北宋的庆历五年，这一年，欧阳修 38 岁，本是人生最年富力强的阶段，却遭受着一连串的不幸和打击，人生似乎走到了谷底。

欧阳修的坎坷遭遇需从三年前说起。那时，宰相范仲淹要全面搞改革，推行“新政”，这就触犯了许多权贵者的既得利益。于是他们群起而攻之，说范仲淹拉帮结派搞“朋党”。须知，“朋党”的帽子是很可怕的。历来当皇帝的，不怕臣下贪污、腐败，却害怕大臣们私下结党。但是欧阳修此时冒天下大不韪，写了一篇著名的《朋党论》，慷慨陈词，为范仲淹伸张正义，于是欧阳修也被列入“朋党”的黑名单内，被贬黜到湖北夷陵。三年后“甄别平反”，返回朝廷的欧阳修，被提拔为“河北路都转运按察使”。这是个很有实权的官，俗称漕司，掌握几省的财赋，并且能考察地方官吏，还兼有维持治安、清点刑狱、举贤荐能的职权。而此时的欧阳修还同时挂着“龙图阁翰林学士、右正言、知制诰”等虚虚实实的一大串头衔。

实事求是地说，欧阳修年轻时的性格，确实有点恃才傲物、清高自负，而又自以为是地喜欢意气用事。据说他很小的时候有个算命先生看了他的面相，说他“两耳薄白”，将来虽成大才，但也一路坎坷。果不其然。

欧阳修有个妹妹，嫁给了一个叫张龟年的人，但是结婚不久，妹夫突然病逝。而这妹夫曾经有个前妻，并与前妻生有一个女孩。妹夫死了，妹妹只得回娘家过。小女孩失怙，又太小，孤苦伶仃，就被妹妹一起带了过来，自然就成了欧阳修的外甥女。几年后外甥女长大了，许给欧阳修的侄子欧阳晟为妻。但是他们夫妻关系不好。有一次这外甥女与一个奴仆暧昧，被欧阳晟抓住，送交官府究治。不料这外甥女却当堂节外生枝地咬出曾与“大舅”有染。

于是，欧阳修被传讯到开封府，接受审理。因为张甥的供词无法验证，审了数月，没有结果。最终，被派去负责监察此案的王昭明，不认同如此给欧阳修罗织罪名。于是其政治对手们重新罗织了一个罪名，把欧阳修贬到了滁州。

据有关野史记载，当年，欧阳修离开开封汴京时的状况很惨。不仅是他被革职了，而更无奈的是那些嫉恨他的人，一边幸灾乐祸地冷嘲热讽，一边如狼似虎地催促着他们赶快走人，乱七八糟的一堆家具、衣被、细软什么的，根本来不及收拾打包，就被人迫不及待地扔到大街上了。

而更叫欧阳修痛心的是，他全家人口竟然一下病倒了三四个。首先是他的老母亲，其次是他的夫人薛氏，还有他们的女儿师师病得更严重。

早在庆历五年的春天，欧阳修似乎就预感到“山雨欲来”。他给妻子薛夫人以林中鸟鸣为题写了一首长诗《斑斑林间鸠寄内》：“我意不在春，所忧空自咄”，凭空而来，无中生有的咄咄怪事，果然来了。但是欧阳修更为担心的是他的老母亲。“高堂母老矣，衰发不满栉。昨日寄旧言，新阳发旧疾。药食子虽勤，岂若我在膝……”，母亲一天一天地老了，头发都掉光了，梳子都梳不到头发了，你们的来信，我昨天才收到，她的旧病又犯了。虽然有你在她身边侍候着，哪如我在她膝下更让她得到宽心、安慰呢。

这里需要多说一句的是，欧阳修的母亲实在是中国历史上一位伟大的母亲。“欧母画荻”的故事，千秋流传，历久弥新。欧阳修四岁丧父，其父是个清官，人去世了，家徒四壁。欧母不但没向不幸的命运屈服，而且决心要把儿子培养成优秀的人才。家里没书，欧母就跑到很远的地方向人家借来给欧阳修读；没钱买纸笔，就用芦柴棒在地上画，教他识字。正是有这样伟大的母亲，欧阳修从小到大才都文才出众，终成道德师表，一代文宗。

但是眼下，朝堂里的政治派系斗争，小人与君子的较量，形势越来越严峻，“而我岂敢逃，不若先自劾。一身但得贬，群口息啾唧。”我怎么能当逃兵，撒手不管呢？既然我位卑官小，不愿意当逃兵，又不能起到中流砥柱的作用，那倒不如我去当替罪羊，“当靶子”。假如我再次受到谪贬处罚，那些造谣中伤，“非议朋党”的人，也就会闭上他们的嘴了。但是这就需要你同我一起去受苦受难了。“子能甘藜藿，我易解簪绂。安得携子去，耕桑老蓬荜！”最后这四句是，我自己已经做好了回乡种田的打算。我们一起吃糠咽菜，我耕田，你养蚕，终老在乡村的茅棚里。

那时候，从开封汴京到滁州，乘船要走一两个月。路上欧阳修写了一首极其凄凉的诗《自河北贬滁初入汴河闻燕》：“阳城淀里新来雁，趁伴南飞逐越船，野岸柳黄霜正白，五更惊破客愁眠”，茫茫荒野，一叶孤舟，何处可泊，何处可投啊？在南行的小船上，欧阳修睡不着，坐不稳，立无定。这时，夜色中，突然传来几声凄婉的雁叫声，欧阳修不由得想起九年前，也是这样江浸寒月的深秋之夜，他第一次被从京城贬黜湖北夷陵，船边伴飞的大雁，也是从阳城淀飞来的。它们一直追逐着我们的小船飞翔，是多么得深情意厚。但是这已是九年前的事。而更加令人感叹的是，九年前的一幕，今夜又重演了一回！

然而，更大的打击还在后面，他们八岁的女儿师师不久却一病夭折了。欧阳修为女儿写了两首悼亡诗：《哭女儿师师》和《白发丧女师作》："我年未四十，三断哭子肠；泪多血已竭，未老先苍苍……"

欧阳修就是这样一路来到了滁州。

但是，欧阳修到了滁州以后，很快就振作了起来，满怀激情，全心全意地投入到滁州的好山好水之中。他要以儒家立身处世的原则要求自己："处江湖之远则忧其君"，他要竭尽太守职责，为滁州人民造福。他要以建功立业、报效国家作为人生追求；他要抛却一切烦恼，与滁州的老百姓共创、共享新生活。

他在滁州写的五十多首诗歌、十多篇散文，记载着他的足迹和事迹；直到一千年后的今天，仍在滁州大地上闪耀着不朽的光芒。

李方膺拜梅乞师

清代画坛上有著名的“扬州八怪”，其中人们最熟悉的是郑板桥。“八怪”是扬州的土语，指某人因性格怪异而与众不同。就是说这个人真是世间少有，含贬义。所以“八怪”不一定就是八个人，而是同一类人。“扬州八怪”蹊跷古怪的故事很多，其中有个李方膺，人称“梅痴”，在醉翁亭里拜欧梅，是个很有趣的故事。

乾隆十二年（1747 年），已 52 岁的李方膺被派到滁州代理知州。他上任的第一天，就来到醉翁亭的老梅树观看欧阳修的手植梅。这本是很正常的事，比如欧阳修刚到滁州就上琅琊山拜谒前辈知州王禹稱的画像，这是因为他心中仰慕已久而迫不及待。李方膺到了醉翁亭，不仅虔诚隆重地焚了香，而且在众人的围观之下，噗通跪倒，趴在地下就磕头，口中还念念有词地声称“梅仙”“梅兄”“梅师”不止。旁边的人看了觉得好笑，都摇头叹气，觉得不可理解。

李方膺（1695—1755 年），今江苏南通人，清代诗画家，出身于官宦之家。少时聪颖，天资敏慧，后以诗书画闻名。

雍正六年（1728 年），李方膺的父亲李玉鋐应诏进京述职。

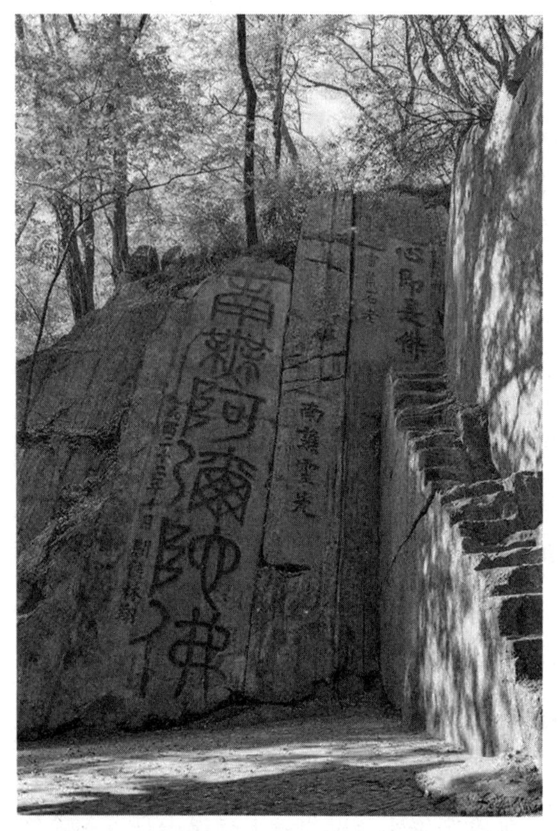

琅琊寺祇园摩崖石刻群

述职结束后，雍正皇帝忽然对李玉鋐生起一种怜悯之心，问道：“你是怎么来京的呀？”李玉鋐答：“我的四儿子陪我来的。”雍正问：“他现在有官职吗？”李玉鋐答：“他只是个生员，性格憨实，不适合做官。”雍正听了这话，觉得这老头更憨实，哪有皇帝递话了还不顺竿子上的。于是下旨叫山东总督田文镜酌情安排一下。田文镜就把李方膺擢拔为一个边远的小知县。

第二年，李方膺治下发了大水，导致“万家漂橹”，李方膺来不及汇报请示，立即开仓赈济，动用库存皇粮一千二百石，以工代赈，募民筑堤。青州府向上级反映，这属于“私开官仓”，犯的是重罪。事情闹到田文镜那里，不但没降罪处分，而且还把李方膺由知县升为莒州知州。

雍正十三年（1735 年），山东新任总督王文俊为了政绩，不顾实情，强令人民“垦荒”。李方膺上书直陈弊端，因此而被罢官入狱，一时间民众哗然。兰山、莒州一带的农民成群结队，自带鸡黍米酒前往监狱探视。狱吏不许见，老百姓就把带来的钱物、食品往监狱的高墙里扔，留下的酒坛子把监狱的大门和甬道都堵住了。李方膺被罢官后在南京寄居，经常往来于扬州卖画谋生。在此期间，他结识了大诗人袁枚和篆刻家沈凤、丁敬等。

李方膺来到滁州，这为他的艺术生涯展开了一片广阔的天地。因为“六朝古都”的南京，文化繁荣，藏龙卧虎。大家物以类聚，同气相求，切磋砥砺，李方膺自然如鱼在水。而且，所谓的“扬州八怪”，其实主要活动地点也都在南京。滁州距南京和扬州都不远。这也许是天赐良缘吧。

南京有个篆刻家丁敬，也是个傲岸不群的人。他的印章千金难得一枚，但是送给了李方膺好几枚，并且刻有边款：“李方膺（晴江）工画梅，傲岸不羁。罢官，寓金陵，日与沈补萝、袁子才游。予爱其诗，为作数印寄之，聊赠一枝春意。”

李方膺的画路很宽，梅、兰、竹、菊、虫鱼、人物、山水皆妙，而尤精画梅。他的梅纵横豪放、墨气淋漓，不拘绳墨，老干新枝，欹侧盘曲，皆以瘦硬见称。他的题梅诗也很见奇崛，如“不逢摧折不离奇”，其实就是他自身性格履历的真实写照。他的题梅诗和款，后人专辑为《梅花楼诗草》，共有二十六首，散见于每幅画面上。

李方膺与“扬州八怪”之翘楚郑板桥的友谊似乎更加亲近一些。首先，郑板桥对李方膺的画艺极为佩服，评价极高。墨竹是郑板桥最拿手的绝技，但是郑板桥《题李方膺墨竹册》认为李方膺的墨竹"东坡可畏之"。

郑板桥在李方膺去世五年后，还在《题李方膺画梅长卷》中说："梅花，举世所不为，更不得好。故其画梅，为天下先。日则凝视，夜则构思，身忘于衣，口忘于味，然后领梅之神、达梅之性、挹梅之韵、吐梅之情……愚来通州，得睹此卷，精神浚发，兴致淋漓。此卷新枝古干，夹杂飞舞，令人莫得寻其起落。吾欲坐卧其下，作十日功课而后去耳。乾隆二十五年五月十三日板桥郑燮漫题。"同时还题了一首四言诗："梅根啮啮，梅苔烨烨，几瓣冰魂，千秋古雪。"

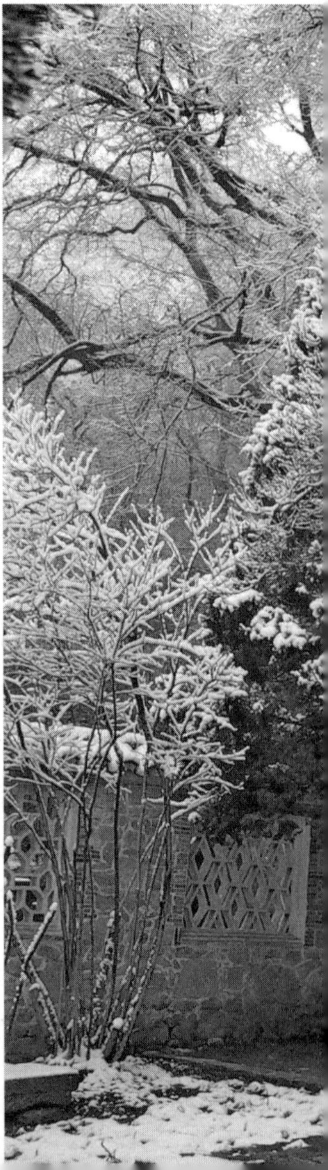

李方膺在滁州整日以梅为师、以梅为友，想不到却被一些奸邪小人告了诬状，原因是他不愿意与下属同流合污，结果又被罢了官，结束了官场生涯。从此李方膺穷困潦倒，无屋无田无米无钱，只得在南京寄寓人家的房子，"借园终日卖梅花"。也许文人就是这么怪，落到这步田地，依然自号"借园主人"。当然这也是一种洒脱的人生活法。他画的梅花，当年也许只能换得几升大米、几根咸菜，怕是连房租都付不起，但是在"家家门巷皆成春"的今天，李方膺的梅花早已成了价值连城的宝贝。

李方膺常与当时文坛泰斗袁枚、画家

沈凤过从，谈诗论画。袁枚赠诗李方膺说：“才送梅花雪满衣，画梅人又逐春飞……”

袁枚常以《题画梅诗》题写在李方膺的画梅：

十日厨烟断米炊，古梅几笔便舒眉。冰花雪蕊家常饭，

古梅新雪

满肚春风总不饥。

梅花此日未生芽，旋转乾坤属画家。笔底春风挥不尽，东涂西抹总开花。

挥笔落纸墨痕新，几点梅花最可人。愿借天风吹得远，家家门巷尽成春。

晚年李方膺弃官回乡，专以卖画为生。他在诗中说自己是“无田常乞米，终日卖梅花”。画上常常盖的印章是“换米糊口”。

乾隆十九年(1755年)，李方膺60岁，病笃。医生的诊断是“怀奇负气，郁而不舒，非药所能平也”。文豪袁枚为他写了墓志铭。

欧阳修走了近千年，他亲手种植的梅树，早已成了“怪似苍龙卧的老癯仙”，魂兮犹健。

李方膺也走了，但他曾经画过的那些梅，“愿借梅魂凭东风，家家门巷尽成春”。

琅琊情痴文徵明

琅琊山是一本书，品读琅琊，不妨多读一读文徵明，因为他是个“琅琊情痴”，更是个值得我们景仰仿效的人。

文徵明，长州（今江苏苏州）人，明代著名的“吴中诗文四才子”和“书画吴门四家”之一。他的诗、文、书、画无一不精，是广受人们赞誉的“四绝全才”。我们今天要讲一讲他与琅琊山

薛时雨“醉翁行乐处，草木亦可敬”，观欧梅的古梅亭和怡亭

的不解情缘。

文徵明（1470—1559 年），是“吴门四家”中活得最久、最长寿的人。其他三人都在三十几岁，或五十几岁就去世了，文徵明享年 89 岁。文徵明的父亲曾在南京做官，也就是这个缘故，文徵明与滁州的琅琊山结下了深厚的情缘。文徵明中年也做过官，官至翰林待诏。“待诏”是有一技之长的文化人，如“医卜星相、书画文学”之类，被朝廷征用，在翰林院值班，听候传唤，所以人称文徵明为“文待诏”。文徵明性格耿介，不善于见风使舵和曲意逢迎，在官场混不开。宁王朱宸濠最看不起文化人，有一次拿文徵明开玩笑，出言不逊，于是，文徵明脖子一梗，回到老家苏州去了。

文徵明小时候曾多次来过滁州。每来滁州，必上琅琊山，上山的目的只有一个，就是“看石头”。琅琊山里，漫山遍野都有碑刻摩崖。一块好碑刻，能够让他观看半天。看到好的，还要用纸墨拓下来。而且每拓一碑还要做详细的笔记，详细记录碑刻的原始资料：作者、镌者、石质、尺幅、所在位置，以及拓印时的现场情况等。

《琅琊山志》上至今还存有文徵明的一篇《琅琊山游记》，记录的是一次上山拓碑的过程。从文章中我们可以看出，那时他父亲还在南京的任上，说明他本人年龄不大，当时也还没当官。他到南京看望过父亲以后，就匆匆赶来滁州了。那时候从南京到滁州没有车，他骑的是驴子。从早晨出发，紧赶慢赶，下午才到滁州。而滁州的一批朋友早已在东关街上的一个朋友家里聚齐，等候他了。当晚大家商议次日的行动，要带的干粮、饮水、工具、背包等。第二天一早就会齐上山了。

那次滁州之行，他准备得非常充分，兴致很高，希望也很大，但是偏偏天公不作美，早晨天气还不错，到了山上就见雾起云生。眼看着“风起云涌，山雨欲来”，但是文徵明觉得机会难得，不舍放弃。可是最终“天要下雨”，谁也抵挡不住。碑没拓成，一个个淋成落汤鸡。

万般无奈中，文徵明只能发出伤心可怜的哀叹——老天啊，我对琅琊山是真心的爱啊，你为什么这样无情地对我呢！

600 多年后的今天，作为滁州人，我们读着这篇文章，仍然会被文徵明的这番情痴而深深地感动。

今天我们可以看到文徵明留下的厚厚的两本《文徵明文集》《文徵明书法集》。其中有他自己的诗抄，还有对滁州琅琊山、醉翁亭的回忆。琅琊山、醉翁亭的诗词，他曾用“真行草隶”多种书体书写过。他还不断地变换着各种字体抄写《醉翁亭记》《丰乐亭记》，以及欧阳修的诗词等作品。他的蝇头小楷《醉翁亭记》和《金刚经》已多次出版单行本，或被其他字帖选用。

文徵明有 8 个字的遗言“好好写字、慢慢活着”，最值得现代人认真记取。

是啊，人生苦短，慢慢地过，慢慢地活，莫焦莫躁，急什么急！

时雨老矣愿景新

醉翁亭石库大门的两边，原先有一副对联："翁去八百载醉乡犹在；山行六七里亭影不孤。"多么贴切美妙的一副对联！而且这对联还是一种"砖雕工艺"，镶嵌上去的，很少见。字迹也很漂亮，蕴含着浓郁的书卷气。作联者谁？椒陵薛时雨也。遗憾的是，"文革"以后，重修了醉翁亭，对联却不见了。你如果想弥补这一缺憾的话，就到亭苑里去寻找一下，还可以找到"晴岚叠翠""有亭翼然"等几处题刻，也是出自薛时雨的手笔，或许你可以藉此得到一点弥补和安慰。另外，大门门额上的"醉翁亭"三个字也还是原貌。

醉翁亭始建于宋代庆历年间，是琅琊寺的智仙和尚建成便于欧阳修饮酒休闲之处。至清代光绪年间，历时800多年。在这漫长的岁月中，不断地经历着损坏与修复的轮回。几次毁灭性的劫掠，全都是由于贪婪、野蛮，愚昧、麻木和无知造成的。比如，金国入侵北宋，过了淮河，把醉翁亭毁了；明末李自成、张献忠的"义军"；清末太平天国的运动，结果都是把醉翁亭夷为一片平地。

清咸丰三年（1853年），太平天国两员猛将林凤祥和李开芳率军两万多人，从扬州北上，途经滁州，把800多年的醉翁亭破坏殆尽。

1875年，乡人椒陵薛时雨，从官场上退了下来，在杭州、南京办学教书，培育人才。因渐感年暮体衰，就辞职归乡了。他本想就此安度晚年，但是当他来到琅琊山下，站在醉翁亭一片废墟之上的时候，简直心如刀绞。他怎么也想象不到，自己敬惜如命的醉翁亭竟被破坏得如此彻底。那些捣毁醉翁亭的刀枪铁锤，似乎一刀一枪、一锤一棍都在戳戮着自己的心！

薛时雨，字慰农，滁州全椒县复兴集人，复兴集距离滁州醉翁亭50里路程。还在蒙学时期的薛时雨就常常独自一人从家步行来到醉翁亭。在醉翁亭欧阳修的手植梅树前，他总是呆呆地站立许久，不舍离去。他默默地仰望老梅树枝干蟠虬的风骨，欣赏老梅树春来新花的繁茂，作诗“醉翁行乐处，草木也可敬”。这醉翁亭不仅是他的文化学习的课堂，更是他的人生道义的课堂。

1853年，30岁的薛时雨考中进士。此后陆续在嘉兴、嘉善、杭州等地做官。后来又兼督粮道，代行布政、按察两司事。虽然仕途一路风雨多舛，坎坷不平，但是他能尽心为国、尽力为民，办了很多好事，颇有善政，也留下了许多有趣的故事。

薛时雨在嘉兴任上时，遇上了大旱，秋粮颗粒无收，但是上面催科催得紧。薛时雨出衙巡察一圈，不但无粮可缴，而且满目饥荒，饿殍遍地。于是提笔给上官写了一封信，汇报旱情，请求停征税粮。知府不但不予理睬，反而变本加厉接二连三地发来“催科檄”。薛时雨一怒之下，竟然亲自击鼓升堂，向众衙役宣布：“知府刚送来催科檄，令我五日内交齐税粮！本官今日也下令：你们立即停征！”众人几乎不相信自己的耳朵。薛知县见众人惊惧，当堂义正词严地说："大家不要顾虑，我一人做事一人当，一切责任由我承担，与各位无关。我回家的铺盖已经卷好了，就等着来人摘我的翎子了。"第二天，果然上面来人把薛时雨的顶戴花翎摘了。衙门外聚集了一堆百姓，一声高过一声地呼喊着"薛嘉兴，薛嘉兴……"。

第二年，薛时雨被改任嘉善知县，同治元年（1862年），他到安庆拜谒了曾国藩，深得曾国藩推重。不久，由左宗棠奏请咸丰皇帝，补授薛时雨为杭州知府，执掌浙江粮储道。当时的杭州，太平天国军刚刚退去。百废待兴，政务繁多，他每天要处理的公文、报告有一尺多高。诸如，招集流散人员返乡生产，处理流寇匪患、诈骗偷盗等。有一次清军俘获了一百多名太平军将领和军卒，交给杭州地方官吏处理示众，以平民愤。而薛知府只从重处罚了其中几个头目，其余的皆怜悯其为胁从者，悄悄地将他们释放了。

50岁那年，薛诗雨受聘于杭州"崇文书院"任主讲。比起官场来，书院更适合他的性格与才干。他在崇文书院干了三年，不仅培育了许多人才，还写下了大量诗词歌赋。由于他兴办教育做出了成绩，培育了人才，匡正了时风，浙江人在杭州西湖凤林寺后为他建造宅舍，取名"薛庐"以资纪念。此后他又到南京的尊经书院、惜阴书院等处任主讲。在这两个书院，他收学生，不分贫富贵贱。有人指责他"不论尊卑，滥收弟子"，他却坚持有教无类，培才宜宽，用才宜严。南京人因其培育了大批的人才，贡献突出，就在南京的钟山山麓也建造了一座"薛庐"纪念他。

薛时雨走出乡梓，在完成了人生"立言、立德"的一番事业之后，回到了"桑根弊庐"的故乡，美景被蹂躏，风月不同在。

本想在琅琊山、醉翁亭捡回自己少年的旧梦，却想不到梦碎残年。虽然自己年轻时在琅琊寺、醉翁亭写下的楹联诗词至今仍记忆犹新，比如，“踞石而饮，扣檠（qíng）而歌，最难得梅边清福；环山不孤，让泉不冷，何须恋湖上风光”；“愿将山色共生佛，修到梅花伴醉翁”。但是，眼前的现实却是十亩蒿莱、一片瓦砾，亭倒阁塌，树枯泉竭，他只能慨叹：“时雨老矣，抚滁山之草木，有生敬于昔贤，且生敬于诸公之好古乐善……。”这是他在组织动员本地的一批乡贤绅士“共襄盛举”的碰头会上发表的演讲。他说，如今名胜古迹已荒废十有七八，需要我们这些贤人君子来赋予它们新的生命和光彩。薛时雨在一番慷慨演说之后，带头表态：“时雨将不惜以残退之身，诉说于当轴公卿……”

但是，要重修醉翁亭谈何容易。薛时雨虽然在外面做了 20 多年的官，但是一生廉洁自好，爱惜“羽毛”，所以他是两袖清风回到故乡，家里也是一贫如洗。唯一的办法就是游说当时的权势政要，动员他们慷慨解囊。当时的薛时雨已重病在身，但他不惧千里跋涉，去到安庆一带，找到湖南湘勇团练军的大帅和一等勇毅侯曾国藩。曾大帅被他说动了，不但掏了腰包，而且答应作为“倡捐”带头人，劝募同僚。接着薛时雨又找到了时任四川兵部元帅的吴棠（吴勤惠公）。巧的是，吴棠刚刚迁家在滁州居住，也算是滁州人了。吴棠被薛时雨的一番热忱和诚心所感动，当时就答应资助。有了这样两位巨擘的带头捐助，他们的门生、弟子、部下、故旧随即纷纷响应。所以，一年多的工夫，在光绪七年（1882 年）五月，修建醉翁亭的工程就正式动工了。薛时雨一面亲自规划设计，一面亲自监理督工。同时还为许多重要景点撰写匾额、楹联。亭苑内他设计添建了一座可以俯瞰醉翁亭全景的小楼。后来被人们称为“薛楼”，以怀念薛时雨。

光绪十一年（1885年）薛时雨在南京病卒，享年68岁。据薛时雨的后人说，薛时雨遗体从南京回全椒时，路过琅琊山，家人遵照他的遗嘱，抬着他的遗体绕醉翁亭和丰乐亭走一了圈，最后葬在全椒的青龙冈，遥望着琅琊山醉翁亭。

历史和现实都是形形色色的人物书写出来的。有的人一生“立功立德立言”，高尚、智慧、善良，处处事事充满了正能量，只有他们才是人间美好愿景的描绘者和建设者。今天我们来到醉翁亭，站在“薛楼”下，怎能不向百年之前这位伟大的建设者，深深地鞠上一躬呢！

时雨老矣，愿景弥新！你在椒陵的青龙冈，远望着如今的醉翁亭，游人如织，花团锦簇，应该欣慰地含笑于九泉了吧！

聪明智慧说达修

让我们逆着时间的流水，回溯到民国年间，看一看那时的琅琊寺和当年的当家和尚——达修。

达修，字赞泉，生于清光绪二年（1876年），卒于民国二十九年（1940年），终年65岁，住持琅琊寺三十多年。清光绪三十年（1904年），当时的滁州知州名叫熊祖诒，他听说在百里之外的肥东县有个十分能干的年轻和尚，就专程前往礼聘他为琅琊寺的住持当家人。当时这年轻的和尚才28岁，法名达修。

那时的琅琊寺哪还像是个寺啊！一堆破砖烂瓦，连个遮风避雨的茅棚都没有，达修面对着化为丘墟的梵宇，“非言可喻”。还说什么呢？来了就来了，干呗！

而后来的事实证明，这熊知州还真是慧眼识英才。年纪轻轻的小和尚并没叫苦叫屈，他撸起袖子、卷起裤脚，捧个泥碗、提了根棍子就化缘去了。

《琅琊山志》记载，达修化缘，不但“奔走万里”，而且更主要的是他能“游说于军阀显贵与富商豪门，募化巨金”。

达修俗姓李，据传，其祖乃是“相文忠公之族子”，也就是大清朝赫赫有名的中堂宰相李鸿章的本家后裔。只是后来他家这一支败落了，贫穷到吃不饱穿不暖了，只好把5岁的他过继给别人家。这家人姓姚，也不宽裕，养活一张吃饭的嘴很有困难，于是就把这个过继来的孩子送到准提庵，顶替一个有钱的人去出家，目的也就是填饱肚子活条命吧。这孩子看来天生具有佛性慧根，到了18岁，就在南京的静海寺受了“具足戒”，成了正式的和尚，法号达修。

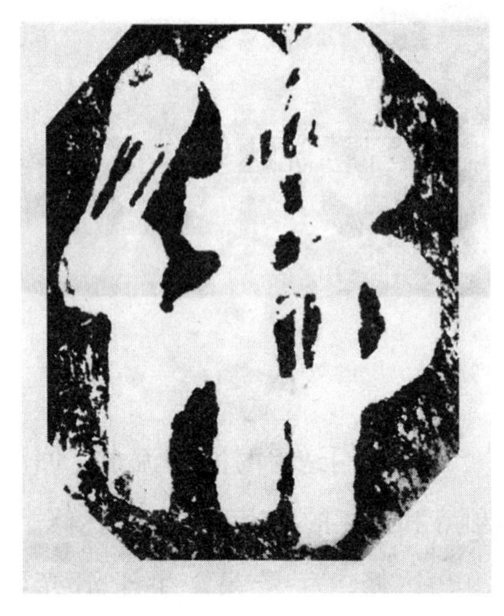

雪鸿洞石壁上达修和尚的巨型摩崖题刻

熊祖诒请来达修住持琅琊寺，实际上是让“达修受命于危难”。不过，这位从乡间小庙走出来的年轻和尚，“发愿宏伟，决图恢复”。他端着化缘的盂钵，跋涉关山、呼号万里，凭着坚韧执着的毅力、不屈不挠的精神，特别是他杰出的口才，游说于当道巨公、政要显贵、富商豪门。终于，经过了十多年的奔走，使得大雄宝殿、藏经楼、明月观等一百多间殿宇寮舍次第落成。

当时修复一新的琅琊寺可以说是名噪朝野。仅从参与捐资和赠诗题词来看，就有一大批社会名流，如国民党元老级的于右任、北大校长教育家蔡元培、财政部长孔祥熙、军阀阎锡山、将军方振武，以及孙科、考试院长戴季陶等。达修以一个普通的沙门和尚，竟能游说到这些了不起的巨公为琅琊的重修慷慨解囊，可见他的才能之非凡。

达修住持琅琊寺约40年，由于他修为精深，才华出众，交游广泛，所以，当时的文化人士也纷至沓来。如1936年，著名画家徐悲鸿、作家丁玲、方令孺和盛成夫妇等文化名人都慕名来游。方令孺的著名散文《琅琊山游记》，就生动地记叙了这一盛事。

方令孺在《琅琊山游记》中，寥寥几笔就勾勒出达修活跃开朗的性格和诗书才艺的卓越：“老和尚抱来一卷宣纸，嚷着要和我们作诗……”。

达修在山上留下的墨迹很少，只在雪鸿洞里有一块摩崖刻石的擘窠大字“南无阿弥陀佛”，写得圆浑厚重。

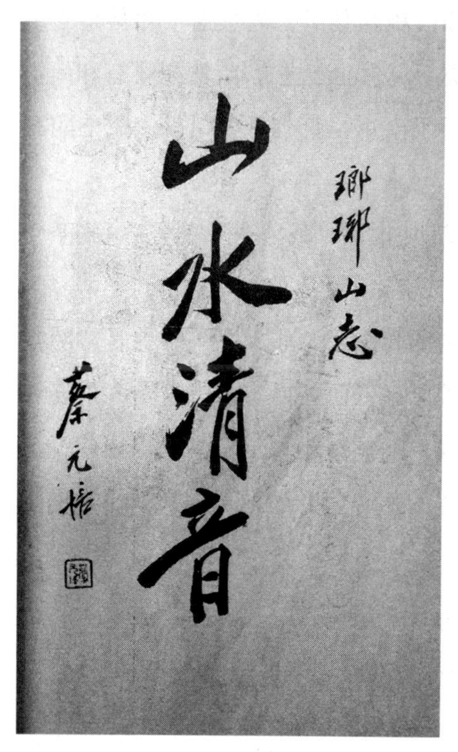

民国文化泰斗蔡元培为《琅琊山》志题词

达修和当时国民党的政要交往频繁、过从甚密。至今还留下了几个传说的佳话故事。

祇园雪松——据传孙中山先生落葬南京，于紫金山奉安大典之日，寺僧达修作为当时高僧大德之一，受邀赴宁参加超度法事。当日中山陵遍植雪松。仪式完毕后，宋庆龄向前来祭吊的上宾赠送雪松树苗以作留念。达修上人也获一株，携回滁州，栽植于祇园翠微亭前。如今80

多年过去，此株雪松以已长成参天大树，高 20 多米，挺拔入云。然而此段佳话已鲜为人知了。

20 世纪的 30 年代，汽车已经成为最时髦的交通工具。要开汽车必先有路，修路就得“拆迁”。那时候要从滁城南门修一条通往山寺的公路，必须要穿过现在师范学院东北一带的乱坟岗。但是这片坟山的地主（城里一位有名的工商业富豪）不同意。达修提出可以多出钱。

地主说：“我们不差钱，风水决不能破坏。”

那就对簿公堂打官司吧。

这时已是民国时期，知州改称知县了，而且这个知县是个一头脑子“革命、主义、民生”之类新观念的激进青年，眼里哪有和尚？达修无奈，打了一张车票就去了南京，直奔戴公馆——戴季陶家来了。

两人相携来到客厅。达修正要说话，戴公把手一摆：“喝茶，喝茶！”两人整天说佛参禅，谈玄论道。

戴季陶的夫人听说达修老和尚来了，非常高兴。她是常随戴季陶来滁州的。不过她不住琅琊寺，而住西方寺。这是一户姜姓人家的家庙，在滁州很有名气，戴季陶还写了不少字幅相赠。至 20 世纪 90 年代，已经 70 多岁的姜老信士还记得，其中的一幅是四个大字：“顿开觉路。”

戴季陶，何许人物？首先，是同盟会员、国民党元老，给民国大总统孙中山当过秘书；其次是蒋介石的结拜兄弟；再次是民国考试院的院长，等等头衔。

达修在戴公馆盘亘几日，戴季陶绝口不问贵客所来何为，几天以后直接派了个警卫员背着一口袋银元，把客人送回了滁州。达修人还在南京，这边的官司戴秀陶早已帮他摆平了。

2001 年，琅琊寺出土了一块石碑，碑长约 120 公分，宽约 80 公分。碑面字迹清晰，小楷，从右向左竖排 40 行，每行 13 字。碑文没有题目，内容主要是赞扬达修和尚修复琅琊寺的功德的。

1933 年，戴季陶随同国民政府主席林森视察北方归来，顺道到滁州游览了琅琊寺。林森曾有“布衣主席”的称号，也是个见庙就拜的佛教徒。当时国民党的《中央日报》还报道了两人的琅琊之行。

老戴的碑文写得很好，很美，很珍贵，很有收藏价值。因碑文很长，故不抄录。碑文最后的落款是“吴兴戴传贤叙于开化律寺之酴縻轩”。

据姜姓老人回忆，他很小的时候常见戴季陶到寺里来。大人们好像有点怕他，甚至不敢大声说话。但他在寺里食宿简朴清素。每天早上老和尚叫小沙弥（住在庙里的小孩）把客人的尿壶拎去倒掉。他知道后就会拍拍小孩的脸蛋，掏出一块钱放在小沙弥的手心。

1928 年，达修与乡贤章心培合力完成了《琅琊山志》的编撰工作。达修还亲撰了一篇序文。

达修于 1940 年圆寂，他的法嗣弟子们在风景秀丽的深秀湖畔为他建造了一座墓塔。塔身七层，用青石雕砌而成。塔铭上刻写的是：“传南山正宗千华第十五世重兴开化堂上第一代。”达修大师以他的愿力继佛慧命，复兴琅琊，功德无量，也把自己永远留在了青山绿水之间。

方令孺游琅琊山

琅琊山作为文化名山，自古以来，游览者多有游记。但在所有的游记文章中，最美的散文作品，当数现当代女作家方令孺的《琅琊山游记》。

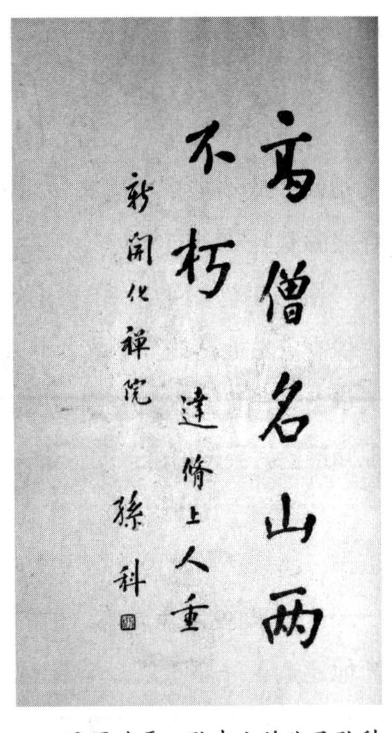

民国政要、孙中山的儿子孙科为《民国山志》题词

方令孺，生于1897年，安徽桐城人，清代散文“桐城派”方苞的后人。那时还是清朝末年，封建礼教的势力还很强大。但是追求男女平权、思想解放的种子已在许多青年人心中萌发。

琅琊山，是方令孺“从小就想去游”的地方。直到1936年的4月，已经39岁的她才实现了这个愿望。因为不幸的包办婚姻，编织了无形的樊笼，锁禁了她30多年。她觉得自己就像

“一只折断翅膀的麻雀”。但她一直努力不懈地要放飞自己，就如她在游记的开头所说，“哪怕折戟沉沙，也要冲向苍茫的郊野，嵯峨的高山，像一只鹿在乱石中狂奔”。1923 年，她毅然带着孩子留学美国华盛顿州立大学以及威斯康星大学。六年后回国，当了大学教授和国立编译馆编审。

正是在这种“静守空斋”的孤寂之际，1936 年清明寒食节的前一天，翻译家盛成夫妇邀请了作家丁玲、画家徐悲鸿等文化名人同游滁州的琅琊山。她说“这一下把她的枯寂的心力激活了起来”。虽然她去过了世界各地的许多著名风景点，但是，想到了一江之隔的滁州琅琊山，想到“醉翁之意不在酒”的山水之间；想到她从小就爱的“山水之乐”，她说：“使得我的兴致又像花一样在心上盛开一次。”

方令孺就是带着这种凄清、孤寂而又被重新激活的心力，来到了古镇滁州，来到了一千多年前“琅琊王潜龙于此”的琅琊山，来到了“醉翁行乐处，草木情也深”的丰乐亭、琅琊寺。她并没有把自己当做一个观光的游客，更没把自己当作一个凌驾于山水、历史、人文之上的文学大作家。一路行来，她是那么真诚、朴实地观赏着、感动着。

在滁州火车站，黄包车夫诳了他们：“到琅琊山还有 30 多里呢。”方令孺难道不知道“山行六七里”吗？后来这个从山东逃荒来的苦难车夫，在方令孺的笔下也好笑得可爱。黄包车经过西大桥（古通济桥）时，方令孺他们都惊讶于桥的古老和岁月留下的痕迹。车夫却不屑地说“这座桥有什么好看？城里有用洋灰造的新洋桥，那才好看呢”。“我们默默地笑，想这车夫真是新时代的人物呢。”——这看似顺带多余的一笔，正是作者的智慧和慈悲之心的发露啊！

琅琊寺那时名叫“开化寺”，是一位“颇有逢迎新贵手腕的大和尚达修化缘重建的”。“心绝去来缘，迹顺人间事”，方令孺并不是迂腐的书呆子，她非常理解什么叫“佛在人间”。没有达修化缘，哪有琅琊寺呢？

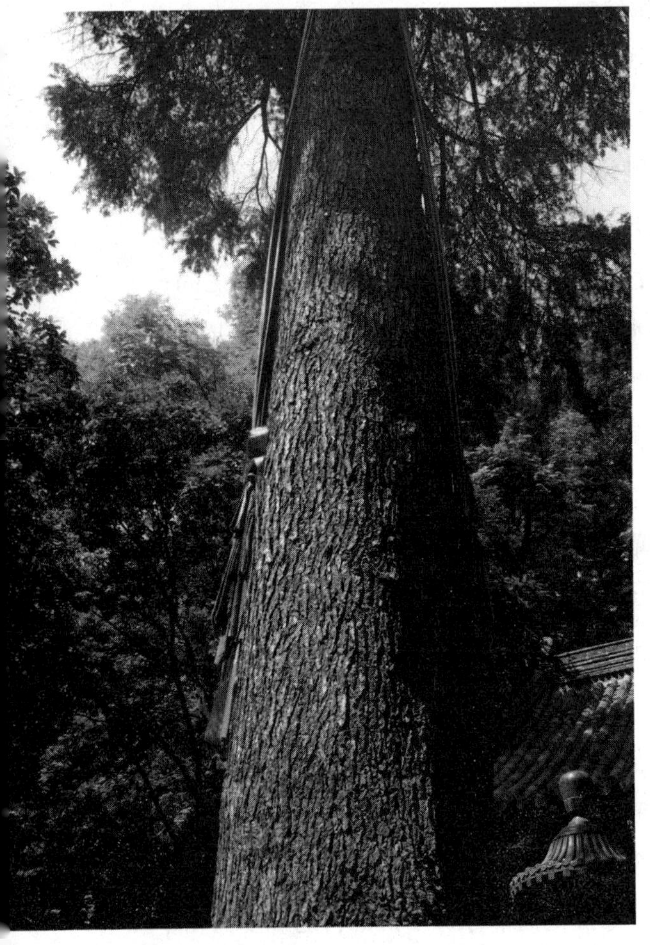

祇园雪松。达修和尚1925年参加南京中山陵孙中山奉安大典超度法会，宋庆龄赠送的雪松树苗，引种在琅琊寺祇园，如今已拔地参天

晚饭后，达修命人点亮了油灯，抱来一摞宣纸，让客人画画。因为客人中间有个著名画家徐悲鸿啊！徐悲鸿当场画了一幅《立岩雄鹰》和一幅《石上松》，老和尚特别高兴，立即“上”了一壶云雾香茶，接着又抱来一叠旧画，请客人替他鉴赏。

游记里还描写了一个朴实、可怜、可爱又可敬的老和尚——裳宽：

> 第二天是清明节，老和尚抱了一大把柳枝慢慢在各处殿门上安插……过一会儿，不知道从哪方传来唱经的声音。四面一看，和尚也不见了。寂静的空山里这么一声又庄严、又嘹亮、又凄郁的歌声，听的人心里生出无名的感触。走出来，看见裳宽趺坐在岩石上，对着岩下无边的空漠，虔心高唱。我们先不敢惊动他，等他把尾声收住的时候，才近前去问："这是什么呢？""这是药师赞，我常常唱它，为自己也为别人消灾。"他慨叹似的说，"像你们城里的人，都是前世积德，所以今世看不见像我们常常所看见的许多可怕的事。这山上有的是恶虫，毒蛇；山下有的是贫苦残疾的人。你们怎么晓得。……"

听了裳宽老和尚的话，方令孺感叹道："我这住在城里，却也看过不少苦痛的事情的人，听他这样说，心里也不禁暗暗惭愧了。"

一行人继续向前走，可山路更崎岖了，处处都是荆棘，脚下巨石既多且滑，大家走得都很艰难，只有这位老和尚，像飞一样得快。"我"说；"老和尚，你能让我抓住你的法衣走上去吗?这路我真是没法走。"

他扶着"我"，感慨似地说："我也有一个女儿，今年二十八岁，在九华山修行。我从妻子死后就到这山上来出家，我的女儿也就上九华山去了。"又说："也许你们是我前生的亲属，前生的父母，所以在今天，清明节这天又无意地相会到！”

“裳宽老僧在我临走的时候捆在我车上三棵春鹃，我回来就立刻栽起来，现在枝头上都已发出嫩芽，明年这时当是盛开。给它取名裳宽菩提。这可怜的，朴质忠厚的老和尚，我祝他将来成佛。”

一万多字的《琅琊山游记》，作者从火车站写起，一路涉足成趣地描写了沿途大量的景物、典故、诗词、传说，其内容含量几乎不亚于一部山志。而在这些信手拈来的记述描写之中，作者触景感怀，寓情于景，情景交融地夹叙夹议，娓娓道来，就像带着我们也跟着游览了一番。那清明时节的滁州琅琊山——蒙蒙雾气、丝丝细雨，立体地展现出了一幅湿漉漉的淡墨山水画。

方令孺是什么时候读过欧阳修《醉翁亭记》的，文中并未叙说，但她对琅琊山诗文非常熟悉，几乎信手拈来。如长诗《幽谷泉》：“泉傍野人家，四面深篁竹。”吟毕还抒发了内心的感慨：“我真想自己也有这样一个‘野人’的家，在深林里傍着泉水，昼夜听的是风动竹叶飒飒的声音、流水潺湲的声音，并且一生不遇到一辆朱轂。”这看似漫不经心的一笔，却是她真实的心声，更是她无奈的诉求。

方令孺在她那个“诗礼之家”姊妹中排行第九，“令孺”就是最小而可爱听话的乖孩子的意思。但是她渐渐长大以后，家里人却发现她并不听话，更不乖巧，而是“呆”得很，“野”得很。家里来了客人不会讲客气话，更不会陪着打麻将，而一心只向往着“茫茫的郊野，嵯峨的高山，海啸的松林”。常常为“一条涧水、一块石头、一座高崖、岩上的青藤而感动得像野鹿一样狂奔，像麻雀一样振翅”。

方令孺是个性格内向、孤寂的人，但是她当时的文化交际圈却很是“高大上”。闻一多、梁实秋、徐志摩、巴金、丁玲等，都是方令孺的至交好友。别人还把她和当时的才女张爱玲比肩，称作“南张北方”。

方令孺一生作文不多，仅有可数的几篇令人印象深刻难忘。尤其是《琅琊山游记》当为其中的翘楚之作，也成为现代文学作品中描写山水的绝唱。她以坦诚、智慧、善良的人品和文品，赢得了文坛人士的普遍敬重。她的《琅琊山游记》问世后，被选入多种现代文学精品版本。这也是她对滁州人民的一份厚赠。

滁州文化丛书

CHUZHOU WENHUA CONGSHU

传奇故事

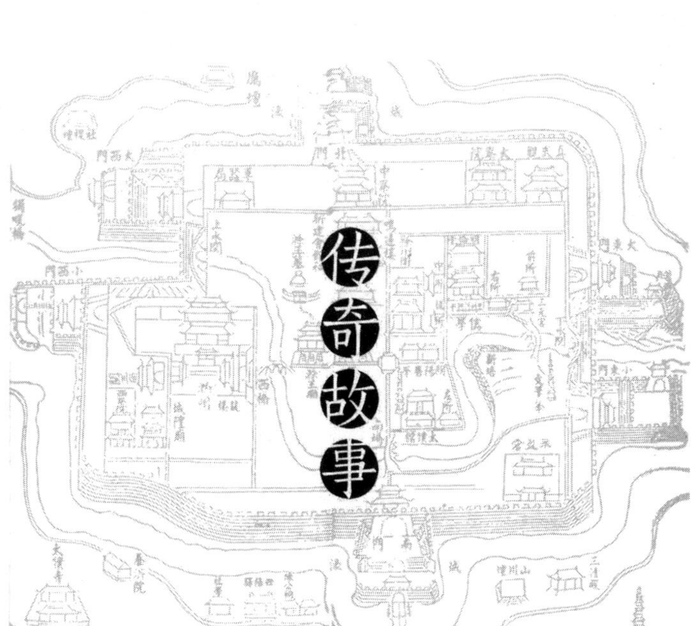

明代滁州城图

经典留名一太守

张方平（1007—1091年），字安道，晚号乐全居士，河南商丘（北宋时期的南京，亦称应天府）人。史书上说他："少颖悟绝伦，凡书一览终身不再读。"因为家贫，只能借书看，但是不管什么书，翻看一遍就能背诵下来，而且一辈子都不忘。他的文章慷慨大义，为世所重，宋神宗称赞他："卿文章典雅焕然，有三代风，书之典诰，无以加焉！"

公元1034年（宋景祐元年），27岁的张方平考中了进士，少年得志喜洋洋，便偕一班同学去汴京的大相国寺游玩。由于讲话兴奋，竟不小心一头撞到寺里的住持长老本怀老和尚的怀里。本以为老和尚要训斥他，不料老和尚慈眉善目地开颜笑道："你这孩子太高兴了吧，可是将来要想有更大造化，还要多加用心哦！"接着又念了几句偈子："守蜀得三苏，藏院续前缘。四句有为法，一心无尽灯。"这前面的话他们都听懂了，可是后面的话把他们搞糊涂了。

张方平与同学胡猜乱想了一气，觉得莫名其妙，又都撒欢玩去了。而后来张方平仕途颇顺，不断地加官晋爵，直至参知政事、太子太保，妥妥的朝廷栋梁了。因为他的人品很好，正能量充足，与同僚相处谦卑宽厚。虽然朋友不多，但与范仲淹交谊深厚。老范不仅是前辈、老师，而且彼此总觉得心有灵犀。张方平在四川做官时，慧眼识俊才，提拔了“眉山三苏”——苏洵、苏轼、苏辙，成为政坛一段佳话。

公元 1048 年（宋庆历八年）春，滁州人举行酒会，欢送老太守欧阳修升任扬州知府；同时迎接新太守张方平到任滁州。欧阳修三年任期届满，前几天朝廷的调任文件下来了，而文件上同时还写着：由张方平接任新知州。

张方平到任伊便始开始调查研究，不久就来到琅琊寺视察。一进寺院就觉得心有所动，走到哪里似乎都熟悉得很。走着走着，来到“藏院”，这藏院是个什么地方呢？琅琊寺只有藏经楼，没有叫“藏院”的处所。毕竟是 1000 年前的名字，考究不得，我们只当它就是现在的藏经楼好了。

张方平“周行廊庑”，“廊”就是走廊、回廊，是敞开的、环回的。“庑”就是连着走廊、四面有墙、上面有顶的小屋，比较窄小，仅可摆放少许家具、杂物，或容纳一二人住宿。现在，我们用“廊庑”的概念来找一找藏经楼的周边，看看有没有可以称作“廊庑”的旧迹呢？有！藏经楼的前后左右都有。右手边外侧长廊下还有一处叫做“悟经处”的地方，从廊檐、墙壁的高度来看，以前就是一间小屋。

张方平走到这里，“俯仰久之”，停住脚步不走了，前前后后、上上下下地看了很久，又命令随从把门打开。打开后，众人一起进去，里面黑洞洞的。张方平又伫立良久，指着一处屋梁说：上去看看？于是立即有人举着油灯，站上凳子，仔细搜寻一番，果然“梯梁间得经一函”——呀！这里还藏着一函书呢！

张方平打开书匣一看，里面存放的是一套《楞伽经》四卷！《楞伽经》是一部很长很难懂的经。唐代时，禅宗初祖达摩以此经传灯印心，学佛人奉为“无上宝典”。但是，此经文字古奥，十分难读；历来注解本很少，白话译本更少。学者研读此经十分辛苦，望而生畏。所以唐代以后就很少有人修学了。

在藏经楼下的廊庑，张方平愣愣地看着经首的四句偈：“世间离生灭，犹如虚空花。知不得有无，而兴大悲心。”多么熟悉的话呀！张方平“遂大悟”，泪流满面。原来自己的前世就是琅琊寺的“知藏僧”（管理书库的小和尚）。那时候他每天坚持抄录《楞伽经》。但是，经文抄到一大半的时候突然生了重病，自料难以好转，就暗自发愿“愿来世仍然再生到琅琊寺，接着再来当知藏僧，把经抄完”。不久就去世了。而如今又真的“乘愿再来”了。

“上报四重恩，下济三途苦……”现实中，已身为滁州知州的张方平又发下了宏愿：一定要把没抄完的经文继续完成。据有关资料说，张方平续抄《楞伽经》的时候根本不用对着原书看一句、抄一句，而是完全凭记忆，一边背诵一边抄写。更奇异的是竟然“笔迹不异”。《楞伽经》全名《楞伽阿跋多罗宝经》，是佛祖在当年斯里兰卡的一座极高的山上说的法。“楞伽”就是这座高山的名字，山顶有城，佛祖在此开示大乘无上经典以及无上圆顿法门。

《楞伽经》大约7万字，张方平抄写完毕后，又自掏腰包30万钱，印施结缘。当时引起了极大的轰动，实在是不可思议的奇缘、奇迹，所以后世人称《楞伽经》为“二生经”。

《楞伽经》重新传世，张方平声誉鹊起，但他心中始终还存着一个放不下的结，那就是20多年汴京大相国的本怀老和尚，是往生了还是依然健在？他多年以来只悟到第一句“守蜀得三苏”，后面的三句直到今天才恍然大悟。原来，自己的前身就是琅琊寺的知藏僧；本怀老和尚早就看破了自己的身份。“藏院续前缘”今天才实现！从此张方平就在琅琊寺“闭关苦修”。“四句有为法，一心无尽灯”啊！

张方平派快马日夜兼程将抄好的《楞伽经》送到汴京大相国寺。所幸本怀老和尚依然健在，见到张方平送来的经书欢喜无限，欣慰地说：“善哉、善哉，就为盼着能见到这本书，才支撑着我活到现在啊！今天终于了结此缘……”说着手捧经书，安详入灭。

我们不知道张方平在琅琊寺静修了多长的时间，更不知道他是否真的看到自己的前世了，我们不能妄加猜测，更不能轻薄取笑。有人说，大相国寺的本怀长老是琅琊寺曾经某一长老的转世再生。唐代韦应物的一首《赠璨禅师诗》里，就说到这位禅师经常读《楞伽经》。后来，张方平在琅琊寺闭关静修时，琅琊寺的住持是慧觉禅师，张方平还写有《禅斋》一首诗偈相赠：

夕年曾见琅琊老，为说楞伽最上乘。顿悟红炉一点雪，忽惊暗室百千灯。

便超十地犹尘影，更透三关转葛藤。不住无为方自在，打除都尽即南能。

后来张方平离开滁州，累官太子少师，几次向皇帝提出致仕退休。归乡以后，他把自己亲手抄录整理的《楞伽经》交给了忘年之交苏轼，请他弘扬此经。苏轼接受了任务，又把此经重抄了一遍，并且写了一篇《后记》。苏轼又请宰相将之奇作了一篇序言放在卷首。《五灯会元》上是这样写的："轼撰《书楞伽经后》记其事，朝议大夫蒋之奇于经前著序，阐述禅教关联，及论说张方平忆及前生事迹等甚详。"

《楞伽经》因其高深古奥，很难在普通的群众中宣传普及，但在士大夫阶层中常常能起着感化人心、调和人性的作用。比如，张方平的上司杜衍，常常居高临下地讥讽张方平"这家伙是个信佛的人"，挑拨大家离他远一点。一天，杜衍发现一个姓朱的同事在看书，书上有蒋之奇的序文还有苏轼的跋文，还有其他一些同僚的点赞和心得，大惊曰："世间从何有此书耶？""因命驾往见方平，责之何不早告？"张方平微笑着说："譬如人失物，忽已寻得，但当喜其得之而已，不可追悔其得之早晚也。"这段话翻译成白话，大概的意思就是：好比一个人东西丢失，又失而复得了，应该高兴才对，何必后悔重新得到的太晚呢？

宋哲宗元祐六年（1091），张方平 85 岁逝世，传记史书上记载他临终时"精神不动，寂然顺化"。苏轼为他撰写了碑铭。

如今世上印行的《楞伽经》都必定附有张方平与《楞伽经》的故事以及历史名人写的序跋文字。所以琅琊山和张方平的名字也都留在了经典上。

雪鸿洞难解之谜

雪鸿洞在琅琊寺大雄宝殿、藏经楼后面的山坡上。洞顶由一块巨大完整的石板覆盖着。

洞口朝东，高约 3 米，宽约 6 米。洞壁均为巨石拱立。洞内面积目测大约 100 平方米。

游客进了雪鸿洞，就能看见立在“大厅”里的一块高约 100 厘米的石碑，碑上的正中部位竖刻着“面壁处”3 个大字；右上角还刻有“丙子”二字。那么是谁在这里“面壁”的呢？“丙子”又是哪朝哪代的“丙子年”呢？经查阅求证，这个“丙子”是公元 1636 年，明朝崇祯九年。崇祯皇帝实在是生不逢时，8 年以后（1644）大明朝就灭亡了，改朝换代了。

但是可巧又可笑的是，就在这时候，却从西方来了个和尚，跑到琅琊寺的雪鸿洞里打起坐来，一坐就是 6 年。这和尚不是有点不着调吗？人家家里都失火了，贼偷强盗抢的，你来打的什么坐呢？好在当时有个闲人用一首小诗把这和尚的事迹记述了下来：

秃发长须两皓眉，洞中禅定已多时。不须更问西来意，观看容颜便得知。

好一幅人物肖像画！鲜明生动。后来，这“西来僧”可能实在坐不住了，只好拍拍屁股走人。去哪里了呢？没人知道。而写诗的这个闲人是谁呢？原来，还是个大官哩——太仆寺卿李觉斯。这个职位完全可以享受省部级待遇。从许多资料来看，李觉斯这个人做人做事都有点“半吊子”。就说那首诗吧，多写二三句不行吗？把西来僧姓甚名谁，从哪来、到哪去，说清楚一些不好吗？而更加重要的是，那块碑是专为“西来僧”立的？还是很早以前就有的？因为在明代之前还没有人说过琅琊寺有雪鸿洞哩。

让李觉斯绝对想象不到的是，有个人读了这首诗，突然发声道：“这‘秃发长须两皓眉’的西来僧，可别就是当年达摩祖师的化身哟！”这话一下点醒了众人：是呀，达摩的样子不正是‘秃发长须两皓眉’吗？——光头拔顶，络腮胡子卷得像鸟窝似的，两道长眉像安装上去似的。

琅琊寺作为禅宗门庭，历代方丈的禅房都悬挂过达摩祖师像。直到20世纪九十年代，住持的果圆老和尚的方丈里室还悬挂过一副6尺宣的达摩水墨画像。画题叫作《一苇渡江》——达摩赤脚站在一支芦苇上，扛着一柄禅杖，杖头挂了个包袱，在无边的惊涛骇浪中冉冉东来。所以人们由李觉斯的《西来僧》诗，联想到达摩祖师。

达摩祖师和梁武帝萧衍曾在南京有过一场著名的辩论。辩论的具体问题就是，像他（梁武帝）这样的人，这么虔诚地天天吃斋念佛，大肆建庙安僧，救济困苦，恤老怜贫，甚至皇帝不做了去做和尚，这样能获得多大的功德果报呢？不料达摩竟然不留余地地全盘否定：“毫无功德！”这还不把萧衍噎个半死？萧衍毕竟是皇帝呀，这么不给面子，叫人怎么下台阶呢？达摩大概也知道自己咄咄逼人了，于是“走为上”。到哪去？一苇渡江，从南京南岸燕子矶的幕府山，渡到江北六合的长芦寺。然后又到哪去呢？不知道了，谁也说不清了……接下来就是少林寺“九年面壁”的故事，从唐朝一直流传到今天，铁板钉钉，成为不可动摇的铁案。

雪鸿洞顶巨石摩崖洞额

至于此事从头到尾有多少不合情理的环节，有多少漏洞，已经没人去管他了。只有达摩的系列故事在民间流传、演绎，如：璁泛重溟，达于南海，金陵辩论，折苇渡江、九年面壁、六度被毒、武帝立碑、昭明遥祭、只履西归等等，但是有专家指出这些都属于“主观的历史”。历史学家、佛学家任继愈先生在他的《中国佛教史》一书中认为：到底有没有达摩这个人都是个问号。

但是自从“西来僧”在雪鸿洞坐禅6年以后，滁州的“摩粉们”始终耿耿于怀的是，当初达摩渡江到六合，是否经过滁州呢？是否到过琅琊寺呢？是否先在雪鸿洞面壁数日，然后去的嵩山少林呢？特别是达摩“只履西归”，千年以后，来到雪鸿洞的“西来僧”，会不会是达摩转世再来的呢？

这些，也许都是充满禅意的传说吧！

琅琊山的绿化者

琅琊山的南天门上有一座古碧霞宫，供奉的神主是碧霞仙子，也叫碧霞元君，元君殿属于道教庙观。而冠以“古”字，一是表示此建筑历史悠久；二是说明“碧霞仙姑”是先天古神。

据《道藏》记载：碧霞元君是一位法力无边的女神。她统摄九天神兵，察照人间善恶，斩恶除愆，消灾解厄，赐子赐福，延年保寿。凡世间之人，只要愿行向善，一心恭敬，虔诚祈祷，无不有求必应。

在民间的传说中，她的故事更是多的说不尽。有人说她是泰山东岳大帝的女儿；也有人说她是玉皇大帝和王母娘娘的女儿；也有人说她就是一位亿万年修道成仙的“九天玄女”，是童身得道的圣女。她的形象经常出现在各类小说故事中，是一位深谙军事韬略、锄强扶弱的战神。她神显四海之域，灵验九州邦彦，是道教中救苦解厄、化险消灾的至尊女神。

她站立于殿中供台的神位上，凤冠霞帔，慈颜端庄；手持法器，刚正威灵；慈悲天下芸芸众生，威慑一切魑魅魍魉。神龛横额上有四个大字“永执厥中”，意思是“不偏不倚，赏罚公正；是非分明，善恶有报”。

古碧霞宫供奉这位女英雄，还有着特殊的意义。因为这位“应命女仙”，是琅琊山最早的开发者和建设者。传说在很久以前，琅琊山曾是一座死气沉沉、寸草不生的荒山秃岭。一次，仙姑从天上经过，往下仔细一看，发现这山里瘴气浓厚，原来是山中盘踞着一条土龙。土龙吞吸山气精华，喷吐毒雾瘴疠，才使得这座山草木动物概不生长。于是仙姑决心为人间除此一害，斩杀土龙。

斩杀土龙的战斗极其激烈而艰险，在你死我活的搏斗中，仙姑发髻上的玉簪脱落掉地，摔成无数碎片，后来就开出了“金芯玉瓣、翠蒂天香”的滁菊花；而土龙的血滴落在山石上，后来漫山遍野就开出了殷红鲜艳而有毒的“龙爪花”。

斩罢土龙，碧霞仙姑见琅琊山毫无生机，便用瓦罐取来瑶池的仙水浇灌山体。仙水所洒之处，滋润含煦，转眼便是一片葱茏翠绿。为了使琅琊山生机盎然，碧霞仙姑不辞辛苦地往返于天界人间，一趟又一趟、一罐又一罐地提来琼浆甘霖，泼洒在枯焦的山岩上。一天，她实在累得不行了，手一松，瓦罐落地被打得粉碎。仙姑正在懊悔之际，忽然眼前满山满谷绿浪滚滚，大木千章，琅琊山顿时变成了美丽无比的人间仙境。原来，是王母娘娘被碧霞仙姑的精神感动了，暗中施了法术，霎时间就把琅琊山浇了个透。琅琊山从此充满了无限生机。

后来，人们为了感念碧霞仙姑，每年的正月初九这一天都要带着香火贡品结伴上山，给仙姑磕头致谢。一年又一年，终于形成了“琅琊山正月初九庙会”。为什么是正月初九呢？因为传说这一天是仙姑的生日”。

正月初九的琅琊山庙会是琅琊山最盛大的节日。正常年景，若是风和日丽的晴好天气，这一天的游客可达十万之众。即使是遇上大雪封山的天气，最少也有三四万人游山。因为飞雪迎春，人们的心情好，琅琊山的雪景更好。满山莽莽皑皑，万木银装素裹，山峦银蛇起舞，一片晶莹纯净的琉璃世界，别有一番难得的好景致、好情趣。

庙会这一天，十里长的琅琊古道上，人流如潮，万头攒动。道路两边乃至稍缓的山坡空地上，都摆满了各种各样的买卖摊点，以及各种杂艺表演和社会服务宣传台，令人眼花缭乱，目不暇接。人们扶老携幼从四面八方赶来，图的就是个“人气”——“人看人”的热闹劲。庙会上有各种美味可口的名点小吃，还有热闹欢腾的乡土社戏、花鼓、旱船、龙灯、杂技。年年初九，年年庙会。

碧霞元君在我国的北方最受崇拜。许多地方都有碧霞祠、元君庙。尤其泰山极顶上的碧霞灵佑宫，正式记载已有1000多年的历史。而滁州琅琊山的古碧霞宫大概也不会比这个时间短吧？因为南天门下的玉皇殿，同属道教建筑。山志说“闻系东晋遗物”。

古碧霞宫有一副对联写得特别好：

朝山拜神尊、心香虔诚、十方信众归心有地。

灵威护邦彦、赐福苍生、一念祈求庇佑永延。

——无量寿福！

无边的绿色，也是苍生之福。

摩诃煮石的传说

这是琅琊山流传很久的一个故事。说是很久以前，有一个小和尚在摩诃岩的石壁下修行，总把“南无阿弥陀佛”念成“摩诃摩诃摩诃”。老和尚很生气，也很失望，心想收了这么个笨徒弟，看来是教不好了，实在没面子，于是一气之下跑到山外游方去了。但是过了些日子，老和尚又不放心：这孩子虽然很笨，毕竟也是自己的徒弟呀！唉，自己走了这些日子，庙里只有一点点粮食，他又傻，不会出去化斋化缘，可不要饿死了吧！老和尚一边叹着气，一边急急地往琅琊山摩诃岩下赶。不料，离摩诃岩还隔着一道山梁的时候，就听见小和尚“摩诃摩诃摩诃……”的念佛声。老和尚觉得又奇怪，又心疼，急忙近前问道：“我走了这么多天，你天天都吃的什么呀？”小和尚说：“煮石头吃呀！”老和尚一听又气了，骂道：“说什么疯话？”小和尚说：“真的，你要是不信，我煮给你尝。”老和尚不想理他了，赌气跑到树下睡觉去了。过了一会儿，朦胧中闻到一股香气，小和尚说：“石头煮熟了，你起来尝尝吧。”老和尚迎着香味走过去一看，果然石子煮得像麦糊一样，又软又香。老和尚顿然醒悟，十分激动地想：“我这小徒弟比我有造化，他得道成佛了。”正想着，只见天上仙乐阵阵、彩云飘飘，小和尚腾云驾雾飞升而去。

这个故事听起来有点荒诞不经，石头能煮成面糊吃？瞎说！但是你要是懂得“摩诃”两个字的意思，大概也就理解这个故事真实的含义了。“摩诃”是印度梵语，意思是大、伟大、广大、远大、光大，可以用来描述形容一切人和事物。比如“摩诃观世音菩萨”，就是伟大的、崇高的、大慈大悲的、无所不能的、拯救一切苦难的观世音菩萨。但是“摩诃”所谓的“大”，不仅仅是指体量上的巨大，而主要是指心量的无边广阔和空灵。

“摩诃”主要是指“心”的妙用。“菩提心”就是真诚心、清净心、平等心、慈悲心。比如，一群人表面上看去都是在打坐、念佛，但是有的人只是做做样子或发出声音；有的人辄是发自内心的虔诚、忏悔和皈依；有的人心里乱七八糟，颠倒梦想，分别心极强；更多的是贪嗔痴妄念不断。所以成佛不成佛只在一心，这个心就是“摩诃般若心”“摩诃智慧心”。

“摩诃”本是梵语发音，因为在汉语中没有准确对应的词，难尽其义，所以就采用了音译，同时也是表示尊重。

那么，“摩诃岩”在哪里呢？没有，没有这地方！

《山志》上只说有个“摩陀岭”，那也只是与“摩诃”发音近似。其实“摩陀岭”也是没有的，只有个实实在在的“茅草岭”，这可能是“老滁县话”发音不标准造成的。1936年方令孺女士在《琅琊山游记》中说，“摩诃崖崖壁上有石刻佛像的痕迹，佛像已被人斫去，石壁上还有一个圆形带柄的铁锅式的印痕”，但是如今寻找不得。

唐代大诗人韦应物在滁州时写过一首诗《寄山中道人》：“涧

底束薪荆，归来煮白石。劝君一杯酒，遥慰风雨夕。”风雨交加的傍晚，思念着一个住在山洞里，遁世索居的道士朋友：你晚上就是用那湿漉漉的柴火煮石头吃的吗？在这风雨交加的夜晚，我只能远远地向你敬一杯酒，以示问候！

上世纪 90 年代，琅琊寺住持果圆老和尚有个法嗣弟子，名叫亲法，没文化，脾气又不太好。老法师说他是个“苦恼人”。他也确实够苦恼的。起码那长相就不算庄严；说话又铳头铳脑，一发火就言不达意。老和尚很慈悲，也不甚管束，爱抽烟就抽吧。不过他很能干活，扛一袋米呀菜呀什么的，蹭蹭地就从山下蹿到山上，一路还跟人们说话。人家空着手都走得气喘吁吁的，他跟没事一样。有人递一支烟奖励他，他就眊着眼睛笑，表示感谢。后来老和尚去世了，弟子们在后山为他建了一座墓塔。人家念道立碑的弟子中有他的名字，他听了十分感动，说“还有我的名字啊！”

——真应该为他的感动而感动！

移花接木琅琊阁

2015年夏秋，电视剧《琅琊榜》热播，老老少少看得入迷。街谈巷议都是霓凰公主、梅长苏。只有喜欢较劲的专家学者们说：“哪有的事？架空历史！”

我们首先来看看《琅琊榜》的时代背景，故事被设定在“南梁大通年间”。

夜晚南天门顶峰的琅琊阁光华灿烂

南梁是东晋灭亡以后，南北朝的“大梁”，立国时间是从公元502年到557年。第一任皇帝是梁武帝萧衍。

萧衍（464—549年），活了86岁，是两千多年来第二名高寿皇帝（第一名是活了89岁的乾隆）；502—549年在位，在位48年。

萧衍博学多才，通经博史，有文学天赋，能诗善文、书法、绘画、音乐、棋艺，几乎无所不能。兴趣来的时候拉着大臣通宵达旦地下棋，弄得大臣们苦不堪言。

我们再来看看《琅琊榜》的地域背景。首先剧情中第一地理概念就是“江左”。如“江左盟”“江左梅郎”等。“江左”这个词在古代特指长江中下游一带。古人习惯于以坐北面南、左东右西的视角观看地形。长江在安徽境内逐渐转向北流了，到达南京以后复又转向正东，直达上海。所以“江左、江东、江南”乃是泛指皖江、淮南、苏北、吴越一带的地区。

那么，剧情中的“琅琊阁”在什么地方呢？答案是：应该在南梁帝都金陵的郊区。金陵，就是现在的江苏南京。南京号称六朝故都，又叫建康，又叫石头城。说到这里就和我们滁州越讲越近了。滁州距金陵仅仅一江之隔，是石头城的江北门户。尤其是在隋唐以前，行政区划粗糙而宽泛，只是以中心城市作为地标指说区域。东晋于公元317年建都金陵，之前的“五马渡江之战”（即五个司马家族的王爷）为争夺江左的中心城市，都在长江之北打来打去。最后“一马成龙”（就是琅琊王司马睿胜利，当上了晋元帝）。“琅琊山”的名字也由“晋元帝琅琊王”而来。

其实在更早些时候的三国末年，司马氏家族为统一大江南北，先灭了蜀国，篡夺了魏国，最后灭掉吴国。唐朝诗人刘禹锡有诗记录了这一历史时刻："王睿楼船下益州，金陵王气黯然收。千寻铁锁沉江底，一片降帆出石头。"这是一幅什么样的历史画面呢？——东吴后主孙皓叫人把自己绑了，满脸抹上锅灰，后面跟着随从，抬着棺材，捧着全国的人口户籍本、土地册、房产证，举着白旗过江投降来了。这叫"黥面缚榇"，表示失败了，见不得人，丑死了！孙皓投降为什么要过江来呢？因为受降者是司马懿的五儿子司马伷，是灭吴大元帅，他带兵从江南转战江北，史书上说的"出涂中"，就是驻扎在了滁州一带。不过那时候，滁州和琅琊山都还没有名字呢。

此后又过了600多年，金陵又成了南唐的帝都。公元937年，南唐在滁州西北20里地建筑了一座雄伟的清流关，称之为"金陵锁钥"，为南京设了一道门岗。

那么电视剧里"琅琊阁"所在的琅琊山，是不是滁州的琅琊山呢？那是一定的——在中国，要说琅琊山，只此一座！

好了，让我们回头再来说说，《琅琊榜》的故事核心——赤焰军。一支7万人的强大军队一夜之间神秘消失。这真正是一个移花接木的素材。梁武帝手下根本就没有这样的一支军队。南朝时只有刘宋朝有过赤焰军。但是从刘宋到南梁，中间还隔着一个"南齐"，已经隔了100多年了。电视剧借用这个名字，当然是把百年前的一桩冤案加在"江左梅郎、麒麟才子"梅长苏的身上。这样才有了梅长苏报仇雪恨的戏，才有了美女将军霓凰的爱情戏。关于赤焰军的历史原型及种种冤案，版本很多，难以细述。但是南梁朝天监十三年（514年），曾发生过一件"几十万人一夜之间消失得无影无踪"的不可思议的惨案。这个真实的事件就发生在滁州的明光境内，而且全部责任在于梁武帝的瞎指挥。

千里淮河流经明光的浮山脚下，对岸是五河县境的铁锁岭。梁武帝手下有臣子建议，可以在浮山与铁锁岭之间筑一道堰堤大坝，抬高淮河的水位。这样就可以“水淹北军”。

当时的北魏在哪里啊？在寿春，即在淮河的上游。拦截下游的水去淹上游，这不比傻子更要傻吗？但梁武帝真的是昏头了，居然立即下旨开工。于是，从扬州、徐州等地征发了20万民夫和士兵，号声震天地大干起来。到了第二年的4月，堰堤大坝正要合龙，突然春汛到来，淮水猛涨，新筑的堤坝严重坍塌。萧衍听说是孽龙在作祟，需用铁棒镇锁，便下令调集千万根铁棒。又下令砍伐沿淮两岸的树木，打桩保堤。结果“沿淮百里冈陵树木无巨细皆尽。”据《凤阳府志》描述，当时参加施工的兵民，身上的皮肉都磨烂了；又瘟疫流行，死者相枕藉，蚊子苍蝇遮天蔽日，哄闹声如雷。但是盛夏刚过，秋汛又到，洪水猛涨，滔滔狂浪拍天，摧堤破堰，响震方圆300里，十多万生灵，葬身鱼鳖，一夜归冥。直到如今，浮山脚下还残存着几十米长的堰基，供人们凭吊深思。

笔者在看到电视剧里“赤焰军”一夜覆灭的时候，不由得就联想到了滁州明光的浮山堰。虽然这种联想没有任何依据和道理，但是这也是《琅琊榜》架空的历史所提供的空间呀！可能是萧衍当皇帝当腻了，从浮山堰事件以后，做事越来越不靠谱。最突出的表现就是佞佛佞到了荒唐的地步。也就是浮山堰事件之后，梁武帝改年号为普通。从这年开始，萧衍表面上笃信佛教，而骨子里严重昏聩，猜忌多疑，颠倒梦想。比如他多次舍身出家，大臣劝不回来，只得花国库上亿的银子，一次一次地去替他赎身。这不是瞎闹吗？唐代诗人杜牧著名的诗句“南朝四百八十寺”，一点都没夸张。弹丸之地五百寺庙、十万僧尼，又是瞎闹！可见，萧衍崇佛，实为玩佛、亵佛、渎佛、糟蹋佛，于国于家、于人于己毫无利益。所以达摩祖师四个字把他批了个透彻——“实无功德”！

《琅琊榜》架空的历史时空太大了，所以给人想象的空间也太大了。2015 年，各地为了“带动旅游”。全国有许多地方都开始争论“琅琊阁”是他们那儿的，一时热闹轰天。而琅琊山的管理者们当然也不能任凭别人觊觎“琅琊”这块招牌。名副其实的“琅琊”只在我们滁州啊！

滁州文化丛书
CHUZHOU WENHUA CONGSHU

艺文故事

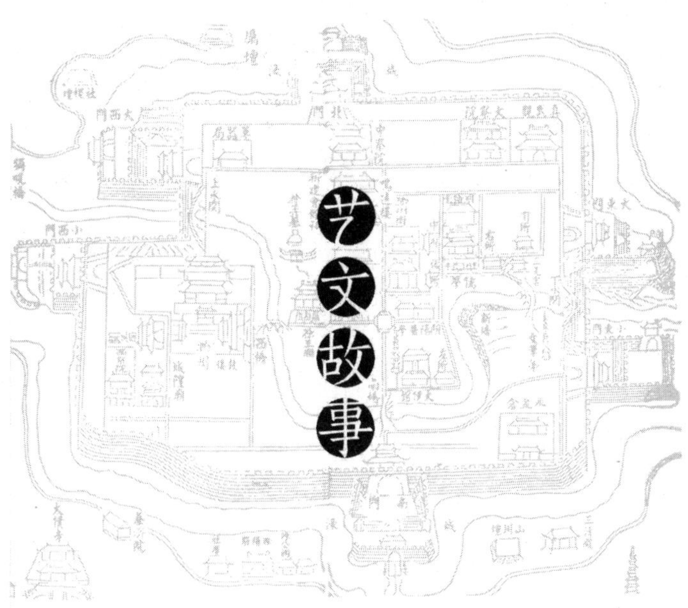
明代滁州城图

吟风赏月明月观

琅琊寺大雄宝殿前面的庭院，正中是一座明月池，也叫放生池。池上正中是一座精美的石拱桥，叫做明月桥。从天王殿出来，踏上一弯明月般的小石桥，迎面就是大雄宝殿高高的台阶。右侧北边一排九楹长廊的古建筑就是明月观。明月观是民国建筑，1936年的清明节，徐悲鸿、丁玲、方令孺等一批文化名人来游琅琊寺时，达修老和尚就在这里与他们吟诗作画，“上香茶”。大家玩得兴高采烈，又绕到西边的藏经楼，听山岚，看雾气，赏新月。假如适逢八月十五来山寺的话，大可不必去藏经楼，只要在明月观的长廊，坐在雕花的“美人靠”上，就可以尽赏山寺的明月风光。而且明月观的风月有天上彩云、池中荷花的衬托，更有意境。

踏上明月观高高的台基，雕花的四扇大门两边，是一副长联。联曰：

望之蔚然，有千年明月梅花，佛国都成空色相。
飘忽到此，作一日闲云野鹤，名山小结旧因缘。

“望之蔚然”，是欧阳修《醉翁亭记》里的句子；长廊的西头，有一株极其名贵的银桂树。八月中秋正是桂花开放、满山清凉、香甜醉人的时候。

“飘忽到此”，人生的路，常常是走着走着，就不是原来既定的路线了。雪泥鸿爪，哪计东西？但是，即使像一片云从这里飘过；即使像一只鹤投下过一次身影，那么，多少年的前世因缘也许能就此了结。所以，珍惜当下吧！

坐在长廊的靠椅上，俯视明月池里的睡莲、游鱼，以及龟鳖，心里不由得就会涌出许多有关月的诗句、诗偈或对联。比如：

千江有水千江月；万里无云万里天

地球上有千条江、万条河、无数的井、无数的塘，乃至无边无际的大海，它们映现出的月亮不可计数。但是真正的月亮只有一个；云彩遮住天空，总是暂时的，而天空的高远何止万里呢？这是叫我们放开眼界，放开心量。

佛法如云，登上山头云更远。

教理如月，拨开水面月更深。

佛法，就像天上的云彩一样，你看见了它，还想抓住它，于是千辛万苦爬上山顶，但是抬头一看，云彩又飞到了更远的山顶上；佛的教理就像明月，但是你想把它捧在手里，那就成了捞月亮的猴子，月亮还在更深的水底哩。

世事无常谁化度？人心向善自修行。

所以啊，在琅琊寺的明月观，我们的一切所见，同样是“非空非色”，若无若有。

若是逢到八月十五的夜，明月当空，静影沉璧，对此良辰美景，而我们的悟性又不够，那倒不妨学学苏轼老先生之“夜游承天寺”：

> 月色入户，欣然起行，念无与为乐者，遂至承天寺，寻张怀民。相与步中庭。庭下如积水空明，水中藻荇交横，盖竹柏影也。何夜无月，何处无松柏，但少闲人如吾两人耳。

于琅琊寺明月观吟风赏月，与苏轼夜游承天寺，其情其景何其相似乃尔。我们且来做一次闲人吧！

曲水流觞意在亭

醉翁亭西南，有一处青砖铺设的低洼庭院，中间是一座四柱飞檐的小亭，名叫意在亭。亭名取自欧阳修的名句“醉翁之意不在酒，在乎山水之间也”。环绕着小亭一周是一条青石砌筑的石渠，盘旋弯曲，九转回肠。渠宽一尺，深一尺半。渠内清水涓涓，萦回往复。这是古时一种供文化人游戏饮酒的设施，名叫曲水流觞，

醉翁之意不在酒的意在亭，亭边文人雅集的曲水流觞渠

又叫九曲流杯。觞，是方底的酒杯。参加游戏的人沿着渠边列坐，把酒杯放在渠水的上游，酒杯流到谁的跟前，谁就吟诗一句，或作对联一副，或说笑话一个。不能者或出差错者，罚酒取饮，如此依次循坏进行。这是高雅文化人的娱乐活动，普通人会不耐烦的。这种饮酒作乐的形式在1000多年前的东晋时代就有。王羲之《兰亭集序》中已有描写。

据载，醉翁亭内的曲水流觞，是明代万历三十一年（1603年）滁州知州卢洪夏所建。如今，在全国只有北京的故宫，以及绍兴、苏州等地才有，极为罕见。

20世纪90年代，不知是哪个单位专门来此拍摄了一部古文化知识电视实况宣传片。演员是从滁州学院邀请来的大学生，他们全是宋代服饰装扮，鬓堆环髻，裙袂飘飘，长袖拂云，醉翁亭顿时穿越千年，回到大宋。

词凤曲凰醉翁操

琅琊山欧阳修纪念馆同乐园内一面山崖上，镌刻着苏轼的巨幅摩崖行书《醉翁操》。兹抄录如下：

> 琅然，清圆，谁弹，响空山。无言，惟翁醉中知其天。月明风露娟娟，人未眠。荷蒉过山前，曰有心也哉，此贤。
>
> 醉翁啸咏，声和流泉。醉翁去后，空有朝吟夜怨。山有时而童颠，水有时而回川。思翁无岁年，翁今为飞仙。此意在人间，试听徽外三两弦。

《醉翁操》本是欧阳修的好友太常博士沈遵写的一首曲子。欧阳修曾经填过词《醉翁吟》，但是词和曲的韵律节奏不合，没能传唱开来。而此期间，欧阳修与沈博士虽有过几次巧遇，但是在人生的道路上也都是擦肩而过。三十年之后，醉翁去世了，沈遵也去世了。有个名叫“庐山玉涧道人崔闲”的人，不但善于弹琴，而且嗓音很好，是个音乐家、歌唱家，想唱这首曲子却没有歌词，于是就请苏轼补写了这首歌词。

苏轼有注文说：“琅琊幽谷，山水奇丽，泉鸣空涧，若中音会，醉翁喜之，把酒临听，辄欣然忘归。既去十余年，而好奇之士沈遵闻之往游，以琴写其声，曰《醉翁操》，节奏疏宕而音指华畅，知琴者以为绝伦。然有其声而无其辞。翁虽为作歌，而与琴声不合。后三十余年，翁既捐馆舍，遵亦殁久矣。有庐山道人崔闲，特妙于琴，恨此曲之无词，乃谱其声，而请于东坡居士以补之云。”

苏轼这一段注文的大意是：琅琊山林壑泉水风景很美，醉翁老太守常常在这里游览，乐而忘归。欧阳修离开滁州十年以后，有个叫沈遵的人，追慕欧公的风雅，专程来到琅琊山，谱写了一曲名叫《醉翁操》的琴谱曲子。琴曲写得非常动听，节奏起伏跌宕而舒畅，凡是懂得琴曲音乐的人都认为是美妙绝伦的雅音。又过了三十年，醉翁去世了，沈遵也去世了，有个名叫“庐山玉涧道人崔闲”的人，不但善于弹琴，而且嗓音很好，是个歌唱家。他想唱这首曲子却没有歌词。于是请苏轼补写了这首歌词。

在古代，因为没有录音设备，音乐很难保存。所以庐山道人专程请苏东坡写了歌词《醉翁操》。后来《醉翁操》文字得以保留了下来，但是曲子又失传了。人生聚合无常，此事古难全啊！

六一亭坐看彩云

六一亭是滁州人为怀念欧阳修而建的亭子。因为欧阳修晚年自号“六一居士”，并为自己写了一篇《六一居士传》。如果你看过这篇文章，就会对欧阳修有新的认识，特别是老年人，有事没事且常来亭里坐坐。

欧阳修从60岁的时候就打报告要求退休，但是上面不批，因为是高级干部，国家栋梁！其实欧阳修40多岁的时候就发现血糖高了，眼睛也不好了。后来一直熬到65岁，报告才算批下来，还给他挂了个“太子少师”的名誉职务，安排到颍州居住。那里也有美丽的西湖，荷花菱藕什么的。

其实欧阳修自从报告递上去以后，就开始安排退休生活了。他首先给自己改了“号”，把“醉翁”改成了“六一”。有人问他：“你这‘六一’是什么意思啊？”欧阳修说：“我家有一万卷藏书，有金石名录一千卷，还有一张琴、一盘棋、一壶酒。”客人说：“这才五个‘一’呀？”欧阳修说：“不还有我这个老头吗？‘以吾一翁，老于此五物之间，岂不为‘六一乎’？”

客人听了说，你这样把名号改来改去，就是学“庄子逃名啊”！逃名，是庄子的一个寓言故事，说是有个人认为“名誉”是一种负担，于是想逃脱。哪知就像在太阳底下想摆脱自己的影子，影子却始终跟着人跑一样，结果人跑得又累又渴也没把影子摆脱。所以你想逃名是逃不掉的。

其实，当年欧阳修“自号醉翁”乃是“沽名”。我们常常能看到，一个真正喝醉酒的人是不会承认自己喝醉的，即使话都说不清了，还要强调“我没醉”。相反，那个口口声声说“我喝多了”的人肯定是佯装的。这个道理欧阳修已经明白了，“名”真是没有用的东西，但是也不必拼命去逃。而我现在改名号，不过是想表达我晚年的生活志趣而已。

客人问：“你现在的志趣是什么呢？”

欧阳修说：“这个名号，不过是表达一下我的本性爱好罢了。如果我能在这五种物品中得到真正快乐的话，那么，即使泰山挡在我面前，我也视而不见；即使迅雷疾电劈破柱子，我也不会惊慌失措；即使有洞庭湖上的九韶音乐、中原大地的逐鹿大战，也不足以形容我的快乐和舒适。但是我所忧虑的是还不能在这五种物品中尽情享受，因为世事的拖累太多了。官位权力使我的身体感到疲惫；忧患思虑使我的心情感到焦虑；病没生而面已憔悴，人没老却已精力衰竭，我向朝廷请求退休已有三年了，只等着皇恩浩荡赐我还乡，使我实现这个愿望。”

欧阳修的这篇文章作于熙宁三年（1070 年）。当年的七月，他由青州知州改任蔡州知州，开始使用“六一居士”这个名号。此时，欧阳修的身心已经无力支撑官场的忧劳烦扰。想想自己从 20 几岁进入官场，屡遭打击，坎坷一生，扪心自问，官场混了几十年，政绩到底在哪呢？对国家的贡献到底有多大呢？但是国家却给了自己非常优厚的待遇。这是应该惭愧、忏悔的啊！

三友亭里说友道

三友亭位于琅琊寺濯缨泉畔的峭壁边，依崖临泉，六角翼然。三友亭这个亭名很普遍，许多地方都有。但是琅琊山的三友亭却有些来历。

据滁州旧志记载，早年琅琊寺内有一株宋代的“杜梅”。此梅树是宋代人杜默所植。但是，宋代有三个叫“杜默”的文化名人，其中哪一个是与琅琊山有缘分的人呢？推测应该是安徽和县南义乡杜家村的那个杜默。因为杜家村距滁州仅有一天的行程，也算是地缘关系吧。宋代有“三豪友”之称，他们是“文豪”永叔（欧阳修）、“诗豪”石介（徂徕）、“歌豪”杜默。他们三人的年龄相仿，而且又都是性格豪放开朗的人，情投意合，很能合得来。欧阳修在滁州还写了《读徂徕集》，是首长诗，为石介遭受不白之冤而强烈谴责那些迫害石介的当权者。诗中竟有“我欲犯众怒，为子记此冤。下纾冥冥忿，仰叫昭昭天”句，为同道之友，不怕得罪所有人，不怕触犯权势者，这性格多么豪爽、多么豁达！

杜默同样是个狂放不羁的人。他“尤善作（放）歌”。三人性味相投，又年龄相仿，且都博学多闻，于是成了同道好友，乃至以终生性命相守望。杜默当年辞官归隐时，从京城带回了几棵梅树苗，一棵栽在和县的杜家村，如今仍然有“半株梅”存活，故有“天下名梅三株半”之说。而琅琊寺的“欧阳修手植梅”与那株“半株梅”有什么关系，就不得而知了。

欧阳修一生热爱生活，喜欢交友，不但结交了当时许许多多的各类人物，而且他以的品德和文章成为了大家的良师益友。

“友”为五伦之一，所以古人交友，讲究“友道”，就是要处诚实守信的朋友、见闻广博的朋友、过失相规的朋友，即挚友、畏友、诤友。或者说是友挚、友谅、友不亵。相反，同那些虚情假意、阿谀逢迎、夸夸其谈、轻薄浮浪、极端自私的人相处，不但一点意思也没有，而且常常反受其害。所以交朋友是个很重要的人生课题。

古人不仅在理论上重视交友，而且还附以形象化的寄托，比如，把“松竹梅”比为三友，把“琴诗酒”比为三友。因为它们都象征着节烈、苍劲、清秀、优雅、豪爽之类的品格。同时都还隐喻着“寿、文、福、秀”之类的吉祥内涵，如：“竹瘦乃寿、松劲则古、石丑而文”；寒梅为报春，“琴、诗、酒”有如高山流水遇知音等等。三友亭就是基于这些内在含义而修建的。

另外，三友亭内还有一幅长联，更加提升了友道的境界。

远市谢尘嚣，爱云中寺隐，林外钟传，说什么典午前朝，无梁宝殿。

远离纷繁喧嚣的世俗名权利禄之争，得半日清闲，约三五好友，来到这小亭上坐憩倾谈。身边是深山云雾中的古刹钟声缭绕；

而关于这座古刹的话题，已可以说到魏晋时代去了。“典午前朝”就是司马家族的晋朝。“无梁宝殿”就在三友亭的东北角，相传为东晋的遗物。

> 高风助清兴，任树杪鸟啼，涧边花落，何必问金焦美景，有数青山。

清凉的山风令人心中涌起诗意。树上的啼鸟、水上的花瓣都是知音朋友。

“金焦美景”是指扬州、镇江一带的金山和焦山，离南京很近，也都是千古名胜。由于欧阳修、苏轼等人的关系，金、焦二山与滁州的琅琊山也有着许多的历史渊源。

琅琊信史三千碑

琅琊山是大自然无始劫、亿万年的天工造化；琅琊碑是一千多年文化开发的档案遗产。如今琅琊山里现存的摩崖、石刻、碑碣还有多少呢？大约有 200 数。

2011 年，由滁州市地方志办公室出版的《琅琊山石刻》，厚厚重重的一本大书，辑录了琅琊山现存（截至 1949 年）的石刻约 150 件。

琅琊山自唐代开发以来，至今已有 1250 多年的历史，期间究竟产生过多少碑刻，是一个不可能弄清的数字。但是我们不妨推测一下：说有 3000 数绝不算夸张。假定这 1250 年来平均每年产生 3 件碑刻，那就是 4000 数了。但是风雨剥蚀——“成住坏空”，一切无常！也不必惋惜。

明代的书画家文徵明因为对琅琊文化情有独钟，经常在一群朋友的帮助下上滁州琅琊山摩拓碑刻。据他在游记里的描写，那时几乎漫山遍野都有石碑，看都看不过来。但是被风雨剥蚀、兵燹人毁的，更是不在少数。历史就是这样一页一页地翻过去，有时阳光灿烂，有时风雨如晦。1250 年来，琅琊山的文化传衍像一条河流，波浪起伏，有高潮，有低谷——贤良的君子来了，就建设发展；丑恶的小人来了，就破坏毁灭。

琅琊山曾有许多名碑，如唐代的《庶子泉铭碑》，欧阳修自刻的《醉翁亭记碑》，尤其是镇山之宝——欧文苏字碑也曾几经销亡。如诗所说："宋代遗双绝，金石耿不灭；琅琊镇山宝，魁光昭日月。"

琅琊山石刻是琅琊文化开发、发展历史的记载档案。你千万别以那为只是一块粗朴模糊的石头，其实每一块都是一本书。如果你真的爱琅琊山，那就静下心来，仔细地研读、欣赏、回顾、感悟吧。

积馨斋谈荤论素

琅琊寺的积馨斋过去叫香积厨，是寺院里的食堂。现在的积馨斋是专门招待游客的餐厅。僧人吃饭另有专门的斋堂。斋堂用餐有严格的仪式，要念供养咒；还有许多细节上的规定。目的是培养僧人的威仪。比如，吃饭时不准说话，不能发出声响，碗怎么放，筷子怎么摆，怎么添饭添菜都得按规矩来。而积馨斋就宽松多了。你不是废话多吗？尽管说。佛菩萨大慈大悲，绝不计较我们俗人，不懂规矩没关系。今天你能踏进这积馨斋来就算是有缘了。因为这里不提供烟酒，不供应鸡鸭鱼猪牛羊之类的肉食。想吃肉，怎么办？对不起，你得忍一顿。你想想，你想吃的，曾经都是有情感的，小鸡总是偎着老鸡的。看到你拿刀，它们就知道害怕，知道挣扎。所以，你今天忍一下，少吃一口肉，或许就积攒了一份福德，说不清什么时候就会得到回报哩。

但是，人的习性顽固，而且极善于开动脑筋，自我安慰。没肉吃，又很想吃，怎么办？有素鸡、素鱼、素肉，甚至素大肠。积馨斋当然也很慈悲，大开方便之门。所以当你看到服务台的菜单上，有红烧鱼、盐水虾、白斩鸡、卤大肠等时，千万别当真，因为那都是素食。

这是吃素吗？表面上是吃素，但是本质上没吃素，心理上没吃素。嘴上虽然没沾荤腥，但是心理上仍然是血腥的。佛为什么教人吃素？根本目的是培养人的清净心。不杀、不贪，善恶到头都有报。即使你买来电线杆子那么粗的高香来烧，也不能让你的心清净下来。

你看那些贪官，“金满箱、银满箱，转眼‘双规’人皆谤”。他如果能真诚地吃一顿素，发一次忏悔心、惭愧心、感恩心，也许结局就会是另一种样子。

须知，佛菩萨根本不需要你往功德箱里塞大把的钞票，不想跟你做交易，而只需要你的清净心。吃素也是一种布施，一种供养啊！

神工金刚经塔碑

琅琊寺有一块雕刻堪称鬼斧神工的塔形《金刚经》碑刻，十分罕见。此碑立于大雄宝殿后院，碑高约 2 米，宽约 1 米。碑上的塔形图案高约 1.7 米，有 7 层。《金刚经》的经文就是沿着塔影和经幢的飘带书写的。《金刚经》全文六千字，以六尺宣纸书写，每个字尚有 1 厘米见方。而琅琊寺的这块石刻碑，字体为蝇头小楷，字径仅为 5 ~ 9 毫米。塔中还有小塔，小塔上刻有 6 尊佛像。所以碑石的实际使用面积尚不足于四尺宣。

此塔碑刊刻于公元 1619 年（明神宗万历年间）。

此塔的勒石者为杨大化；书丹者为杨桂秋；镌刻者为徐仲昇；另外还有工程参与者徐英、如明、刘国光、正庆、侯禄、王齐等。

碑刻已经经历了 400 多年，现在很多字迹仍然清晰可辨。设想一下，这是怎样一项巨大的工程啊！

首先，把《金刚经》镌刻成一座平面的宝塔形，就是一个构思独特的创意。佛塔也叫“浮屠”，在佛教中最早是用以安放佛舍利的。后世的高僧大德圆寂后往往也用建筑佛塔的形式安放其骨灰（舍利）。因此“塔”也就代表了佛和佛法。佛教甚至认为：“经典所在即为墓塔。”因此对经书、佛像也要像对待真佛一样，虔诚礼敬。所以佛教徒在修行功课中，念诵、祈祷时常常有“右绕佛塔”的仪式。那么这一块碑石也就“有如佛在”了。凡参与者都认为是面对真佛来做事。“勒石者杨大化”，还是这项工程的组织者、指挥者，乃至出资者，而且肯定是个德高望重的长者。

碑文的主要书丹者名叫杨桂秋，他是杨大化的儿子。他写的是蝇头小楷。须知《金刚经》全文约6000字。写在这样的一块碑面上，每个字只能是苍蝇那么大。这字该怎么写、怎么刻啊？明代的大书法家“吴中四才子”之一的文徵明也曾楷书抄写过《金刚经》，用的是六尺对开的纸，基本上与这块碑面一样大。文氏每个字的字径为7 ~ 9毫米，而且全是文字。而此塔碑上画有塔形图案，经文上所有的字都要沿着塔影和经幢的飘带来写，塔影之外还留有许多用不上的空白。这样一比照，可见书写的难度有多大，需要怎样深厚的功力。因此，杨桂秋绝不是一个普通的读书人，肯定有功名在身，不然也没有资格当此大任。

碑文中特地署名了镌刻者徐仲昇。此人也肯定是一位技艺精湛的专业刻工。想一想，一块巨大的石头上，要镌刻那么小、那么多的字，首先对石料的加工、磨洗必须十分地平整光洁，要光洁平展地像纸一样！那5毫米的小字，一撇一捺丝毫都含糊不得，普通人用钢笔写恐怕都写不了这么清楚，何况付诸刀刻锤凿呢。

不难想象这项工程是多么繁杂而细致。

我站在“金刚塔碑”前与一位书法朋友讨论上面的小字是怎么写、怎么刻的？他说，这只能是用“心”书写、凭“意念”刻的。善哉！

吴带当风飘飘然

琅琊寺有一块吴道子的《观世音画像》石刻碑，现立于大雄宝殿墙壁上。此碑高130厘米，宽57厘米。石料呈黑色，画面为白色阴刻。历代山志均言“为唐代画圣吴道子所绘”。

吴道子大约生活在唐代开元、天宝年间。有关他的传说虽然很多，但都不确定，比如：少孤，当过下层小官吏，卖过画，也曾被召入宫中御用，等等。提起吴道子，搞美术的人顺口就能说上一句“吴带当风”。因为他尤擅佛道人物画。这些仙幻般的人物都是衣带飘飘，裙裾洒洒，他们在吴道子的笔下无不显得习习生风，似随风飘动。据说他画人物时，落笔很奇特：“或自臂起，或从足先，而不失尺度，一笔挥就。”传说他在长安、洛阳两地寺庙道观作壁画达300余间。在大同殿作“三百里山水一日而毕”。因而后人称之为“画圣”。吴道子的画，与张旭的草书、斐旻的舞剑，并称“唐代三绝”。所以琅琊寺内，今存吴道子的遗笔，实在是稀世之宝。

这块观音画像石，是吴道子专为琅琊寺而作，还是辗转流徙，传到琅琊寺来的？这已无从得知。然而，碑面上的人物衣褶确有“当风飞飘”之美韵。而且人物面部表情丰富，“眉目津津，向人欲语”。

大家都知道中国的文化艺术史上，有三“圣”：一是书圣，为晋代王羲之；二是诗圣，为唐代杜甫，三是画圣，即唐代吴道子。

唐朝时期佛教盛行，吴道子最擅长的就是画观音。有人说，当时各地寺庙都以吴道子的某一观音像为蓝本，进行翻刻。我们琅琊寺的这块《观世音画像》石刻碑，即使是从某一图稿中临摹翻刻的，那也是一千多年前的物件了。时间也是造物主，能把普通和平凡，造就成珍贵和稀有。

相传，吴道子幼年时候曾向民间画工和雕匠学习绘画雕刻技艺。20岁时，就已经名传朝野，曾被唐玄宗召入宫中任画师。他在各地寺庙画的壁画总量有三百余堵；有记录的卷轴画有一百多件。其中佛教、道教题材为多。据传，他酷爱喝酒，经常是醉中作画。琅琊寺这块出自吴道子手笔的观自在菩萨图碑，把观世音菩萨无限悲悯的慈爱之心，以“眉目津津，向人欲语”的艺术感染力，表现得淋漓尽致；把一个优美的神话，留在了琅琊山的青山绿谷之间。

观音如玉玉观音

祇园里有一座观音阁，四方的台基，飞檐的方阁。它原叫翠微亭。如今这里供奉了一尊玉观音。这尊玉观音是缅甸玉雕琢的，据说是缅甸僧人与果圆老和尚结缘后赠送的。像高1米半，全身洁白，慈悲庄严，闻声救苦，利乐有情。

观音菩萨与中国人特别有缘，尤其是中国的妇女，不管她信不信佛，懂不懂菩萨，没有不喜爱观音的。正如释迦牟尼佛赞扬观音菩萨所说："汝与娑婆世界有大因缘。若天若龙，若男若女，若神若鬼，乃至六道罪苦众生，闻汝名者，见汝形者，恋慕汝者，赞叹汝者……俱受妙乐。"特别是一些爱美的女人和男人，总爱弄个挂件、手串什么的戴戴，一是为了时髦，二是为了美，而且还可以标榜自己吃斋念佛。在饰品挂件中，人们的首选就是玉观音。因为"玉"本身就具有高尚的品德。

行家认为，玉有"五德"，是哪五德呢？一、润温；二、勰外；三、舒扬；四，宁碎；五、锐廉。把这五个难懂的词解释开来，就是"仁、义、礼、智信、勇洁"。所以"玉"普遍地实用于民间。过去有老人戴了一辈子的玉环、手镯，只能让你远远地看一眼，是绝对不让你触摸的。说那玉是"活的"，里面还有血丝子。老人死的时候，玉也就随之断碎。玉之德还在于戴玉的人如果不慎摔跤扑地，身上的佩玉会替人抢先一步挡灾牺牲：玉先碎，人平安。

观世音菩萨就有这样的精神境界和威力。他闻声救苦，“是菩萨能以无畏施于众生”。所以观音还有一个称号，叫作“施无畏者”。观世音菩萨为什么会具备这种大无畏的精神和威力、勇毅的呢？那就是以“无我”之心普度众生。且看对联：

悟色空数言，观己观人，历千百劫，金身不坏。

本慈悲二字，救苦救难，俾亿万年，佛法常兴。

祇园翠微亭，现名观音阁

高山流水话琴台

琴台是琅琊山最早的人工开发的景点之一。据唐代散文家独孤伋的《琅琊溪述》记述，唐大历六年（771年），李幼卿与法琛开发琅琊山，“建禅堂、筑琴台”。

琴台位于藏经楼西北的山坡上，是一块高高耸立的巨石，石面光洁平坦，山岚松风，送声悠远，真是个操琴鼓瑟的好地方。

远在1200年前的唐代，滁州州长李幼卿与法琛和尚开发琅琊山，“建禅堂，筑琴台”，因为那时候僧人都还在树上睡觉。李幼卿的诗中有“绳床挂月圆”的句子，“绳床”就是两棵树中间拴上几根绳子，人兜在里面睡，晃悠晃悠地可以催眠还掉不下来，就像现在的户外野营。

但是“筑琴台”就别有一番意境了。那时候山空人稀，哪里不能弹琴呢？何必要凿一座高高的石台？因为古人把弹琴看得十分高雅而神圣。没有好的环境、没有知音听众，都绝不弹琴。不像现在的街头艺人，专挑人多混乱、嘈杂不堪的地方演奏。从“筑琴台”的“筑”字来看，这是当作一项工程来干的，不是随随便便把一块石头磨磨擦擦就完事的。古人把“琴”看得和生命一样重要。“俞伯牙摔琴谢知音”就是典型的故事。樵夫钟子期死了，俞伯牙认为世上再也没有知音了，就把琴摔了，彻底不再弹琴。

据有关资料记载，自佛教传入中国以来，著名的琴僧大约有400人。就说现当代，琅琊寺住持根如和尚就是古琴界著名的琴僧。根如于1959年去世，“山上的老和尚死了”，滁城的老人辗转相告。当时正是“三年困难时期”，人们拖着浮肿的腿上山去吊唁。

“文革”前，人们参观根如的方丈室，还看见挂在床头的那张古琴。另外还有一幅根如和尚的大照片。据说那张照片是把根如“中国音乐家协会会员证”上的相片放大得来的。照片上不是光头，而是蓄了长发。发型很古拙，俗称之为“带毛僧”。但是“文革”以后这些都下落不明了。根如还有许多箫笛，他还在世时就已分送给滁城的音乐爱好者了。

老滁城的山友还记得一件事：1958年，京剧名家荀慧生不知何事途经滁城，向县政府提出来想见见根如和尚。因为根如当时在演艺界很有声名。在“大跃进”最高潮时期，也是最特殊的时期，荀先生的这一请求，经层层汇报、层层讨论、层层批复，终于两位艺术家被允许见面了。据说荀先生的女儿荀令莱小姐当时也随同前来。于是，两位大师级的音乐演艺人物，终于有了一次难得的相会。但是，其中的诸多场景和细节，我们只能去想象了。

或许，千年琴台见证过历史上这动人的一幕。

雪鸿洞口读苏轼

雪鸿洞位于琅琊寺大雄宝殿背后的山坡上。洞口朝东，高约3米，宽约5米。洞顶由一块巨石覆盖。有人说这是天上的大力神搬来的。洞口上的横额镌有“雪鸿洞”三个大字，落款为“岁菊月北海仇维祯题”。旁边还有一段小序，字迹已模糊不清。游人到此，因看不清字，很着急。执事的妙善师就念给大家听，并且热情地作解释。那上面刻的字是：

> 滁之诸山，琅琊为最深秀。余友宋大斗研易其中，见山阴石罅，可容仰息，欲因以为洞，未营，而由新安门人汪世经广而成之。役峻，而余适来，请为之额。余曰：海内名胜，游人之履颇多，大都如雪鸿指泥，不复记情。为大斗之今创，兴感汪君之所经营耶。因请不已，亦即以雪鸿题之。仇维祯，明万历四十五年南太仆寺寺丞。

明万历四十五年是公元1617年。仇维祯，就是题写洞名的人。他是南太仆寺的寺丞。官阶不高，来滁时间也不长。

仇维祯说：琅琊山风景蔚然深秀，我的一个名叫宋大斗的朋友，经常喜欢在洞里研读《周易》。这个洞是他发现的，但是最初只是一道石缝，只能容纳一个人躺在里面呼吸。想开凿扩大一些，但是没力气。后来宋大斗的学生汪世经带了很多人来把洞扩大了。正好我来到滁州，于是就叫我起个名字，题上字。我想来想去，题什么字呢？于是想到苏轼的一首诗："人生到处知何似，应似飞鸿踏雪泥。泥上偶尔留指爪，鸿飞哪复计东西。"于是就题了"雪鸿洞"三个字。

因为人生啊，一辈子忙忙碌碌、四处漂泊，就像一只鸿雁，偶尔落在什么地方休息一下，留下一点指爪的痕迹，接着又不知飞到哪里去了。

仇维祯的这位朋友宋大斗，据说还是一个县令。他能安安静静地在洞中读《易》，"不知洞外春几许"也很好啊！

洗心亭外说洗心

洗心亭位于醉翁亭醒园对面，立于琅琊古道路边，中间隔着玻璃沼。亭子小巧精美，一面背山，三面有门。上下内外都是砖石结构，不用一木。四面墙角坐地。门为长方弧形。四檐展翼，像一只伏羽的小鸟。门额上的楷书“洗心亭”三字，由当年的滁县县长高怀川所题。进门环视，亭内为四方形，深、宽皆为4米多，

洗心亭里说洗心

面积约20平方米。抬头仰视，上顶为半球形穹窿，像一口倒扣的大锅。人立亭内，只见上圆下方，顿生天圆地方之感。头上青天，脚下大地，天地悠悠，我与万物一体，万物与我同在。可见，洗心亭虽然小巧，但是内涵深广，耐人深思。小亭是民国十六年（1927年）琅琊寺住持达修老和尚所建，至今已有近百年的历史。

佛教认为，人体为什么会发生这样那样的疾病？“诸病皆由心生”，一切病都从心而生。生了病求医问药是必需的，但是医和药能解决最根本的问题吗？有一句话叫“药医不死病，佛度有缘人”。生了病，医生把病治好了，那属于病人命不该绝，身体里还有正能量，还有免疫力，还有再生力。所谓“大难不死，必有后福”，就是重新激发活力，焕发出正能量。今天我们能有幸在这洗心亭里站一站、坐一坐，这就是我们的佛缘、善缘。佛教认为，心能转物，心能转境，相由心生，境随心转。所以，洗心可以帮助你美容；洗心可以帮助你健身；洗心可以帮助你长寿；洗心可以帮助你生活过得平安宁静。

当年，达修老和尚选择这个地方建洗心亭，难道没有警世度众的良苦用心吗？他的精心设计难道没有启人自新的劝诫吗？也许游山的人绝大多数都从亭外匆匆而过了，或许还有少数在此稍停片刻，擦擦汗、歇歇气、定定心，然后重新振奋，循此大道直奔如来法座，一念恭敬地朝山礼佛。

达修老和尚如能转世再来，或许会在亭前慈悲地看着你，祝福你——

诸恶莫作，众善奉行，自净其意，是诸佛教！

五百年前种树碑

琅琊山于1985年被评为国家级森林公园，是全国十大重点森林公园之一。园内的森林覆盖率为百分之九十以上。山中不乏树龄为几百年以上的优质名贵树种。真是应验了“前人栽树，后人乘凉”的那句古话。作为后人，当我们穿行在葱郁苍茫之中，可曾想过，是谁曾经把一棵棵幼苗栽插在山崖缝隙之中，几百年之后才长成千章大木？所幸，琅琊山现存一块保存完好的“明代植树碑”，把我们带到了500年前，让我们看到了一大批善行义举的前辈们，他们一锹一铲劬劳不辍的身影。

《琅琊山诸隐君植木记》现存于南天门上的碧霞宫内，镶嵌在照壁墙上。碑高148厘米，宽68厘米；正文17行，每行34字，计580字；楷体；碑额上是篆书“琅琊山植木记”6个字。勒刻于明万历十一年（1583年）。内容为记录、褒扬滁州一批贤达君子多年义务植树、美化琅琊、造福桑梓的善行义举，生动感人，具有深远的历史意义和深刻的教育意义。

撰文者：石玺，滁州人氏，字惟信，号皆春，力学嗜古，由乡荐授沾化令，继守蕲州，后受诏进朝列大夫，升开封府同知。

琅琊山诸隐君植木记（节选）

吾滁山水名天下，而琅琊为最。其间群峰起伏，涧壑盘旋，不知其凡几矣。若夫有色交翠，有影交辉，或清飔送凉，或浓荫生寂，则皆乔木佳株森秀中外也。……曰：里有刘君大德、万君钧者，素以善行著闻。曾于万历乙亥共植松千株于琅琊之山，今皆挺然成茂林矣。人之欣羡而归功者翕焉，请先生一言为记。余曰：噫嘻！人之所欣羡其，即余之所欣羡者欤。窃以是深为琅琊幸也，而况诸君之善行表表，尤足以衍庆于无穷者，山灵其将有永佑乎，遂为之记。

万历十一年癸未春二月吉旦，诏进朝列大夫前河南府同知皆春石玺拜撰。

此碑文句俊雅，通俗易懂，记叙明了，无愧出于力学嗜古的朝列大夫手笔。

琅琊竹编堪为艺

琅琊山产竹，因山体秀美，竹也颀长，从根到梢几乎有4米之高；不弯不曲，粗细均匀；竹节柔和，最宜编织。20世纪70年代之前，滁州的竹编产业完全是一道风景线。

竹子是间伐，竹农随时把砍下的竹子捆扎成大大的V状，插上扁担，就可以翻山越岭进城售卖了。

城里有“竹行”。“牙人”一手托两家，交易完全按商业规则来。

竹子到了篾户的手里，被艺术化的程度就越来越高了。以前土产公司的干部调研过，从竹子到成品一套工艺流程最少20道工序。

编篾只能是家庭手工生产，而且是自产自销。以前东关半条街的篾匠户家家门前都是一个“竹编工艺展览馆”，各种篾器陈列如山。滁篮中，最有特色的品种，主要有筲箕、舟篮、猫叹气，工艺最为精湛，不是所有的产竹地区都能编的来的。筲箕是淘米用的篮子，既要求竹丝细密不能漏米，又要求滗水快速；猫叹气是一种篮球般大小的、圆形带盖的篮子，在过去没有冰箱的年代，主要用它盛放熟食，吊在屋梁上，不但让老鼠干着急，连猫都望而叹气。

最有文化含量的是“舟篮”了。首先其形状像船；船，舟也；舟，谐音州；滁县以前属州地，为历代州治所在地。“舟”还谐音为“周”，周月、周岁、抓周的“周”。每到孩子周岁的日子要送贺礼，礼品主要是馓子、挂面、鸡蛋、千层糕、小孩衣服鞋袜帽子，装满一篮，小媳妇或老奶奶用胳膊肘弯挎着，篮子正好合着腰身，一扭一扭地走，别有一番姿态，一看就是送月子礼的。所以“舟篮”在女人的嘴里又成了“腰篮”；为图吉利，又称“元宝篮”。

顶级编技是“油篓子”，能装麻油不漏！能想象得出它的细作精美吗？

滁篮有名，得益于津浦铁路的修通。那时候蒸汽机车头每到滁县站必须加水，有旅客掌握这一规律，便纷纷下车来买竹篮。直到火车拉笛才仓皇奔去。

民国初年，有个县长还举办过一次由500名选手参加的编篮比赛。比赛规定，每人发5斤原材料竹竿，自备工具。所有选手一律“在月下盲编”。铜锣一响，同时动手开赛。结果天亮鸣金收兵时，一人一只舟篮、一只猫叹气，基本上同时完工。后经裁判验收，1000只竹篮，每只重2斤半，上下不差2两。

琅琊竹，曾经就是这样伴着滁州人，走过千年岁月。

有趣的旅游广告

1933年5月，京浦铁路浦口火车站专门开辟了一趟“浦——滁”旅游专列，并在南京的《中央日报》上刊登一条招揽旅客的广告。全文如下：

游览醉翁亭琅琊山

在文学上最负盛名之醉翁亭琅琊山皆在滁州西南城外，距车站不远（醉翁亭九里，琅琊寺十三里）。由浦口乘本路快车一时半即可到达（上午十时浦口开，十一时三十一分到滁州；下午六时五十九分开，八时三十分到浦口），由（南）京往游，当日可往返。三等票价一元，头等票价三元一角五分。该处有人力车（每辆往返一元二角），藤轿（每乘往返二元）均可代步；有清洁旅社（站旁之通商旅社及蓬莱旅馆）、菜馆（东关外同乐园、南大街傅同兴），可以食宿。交通便利而取费低廉。值此首夏清和之际，首都士女盍往游乎。

津浦铁路车务处启

一段普通的广告词，通俗的文言文，充满了浓厚的时代气息，今天读来，十分有趣。广告中的人力车、藤轿，1949年以后就没有了；通商旅社、蓬莱旅馆于20世纪50年代消失；东关外同乐园饭店、南大街傅同兴菜馆直到20世纪80年代依然存在，而且生意火红过一段时间，曾是滁城的地标性招牌。

2018年后，老东关拆迁了。一条崭新的东关街以崭新的面貌迎接你。

凭吊一醉千秋石

早年，在醉翁亭前面的琅琊古道边，横亘着一块长条大石，长约丈二，活像一个穿着宽袍大袖的人，喝得高了，踉踉跄跄地走到这里，想弯下身子，凑到溪水边，掬一捧清泉解解渴，但是头重脚轻，两脚打绊，倒在了路边，索性俯身高卧了。滁州的老人都说，这醉石真真就是老太守欧阳修的化身。一头栽倒在路旁的溪水边上，仄仄斜斜地令人发笑。这就是曾经著名的“醉翁石”，也叫“一醉千秋石”。它的脊背上还刻着四个碗口大的篆字：“贰醉千秋。”很少有人认识篆写的“弍”字，惹得来来往往的人们总要停下脚步，歪着头辨认很久，然后争论一番。如今，滁城七十岁以下的人都没见过这块石头了。而七十岁以上的人，不仅印象深刻，而且对童年时与它玩耍嬉戏的情景，肯定会记忆犹新。

早年，每到开春时节，学校都要组织学生春游。但是老师规定：一、二年级的小学生只准游到三里亭。那时候的三里亭还是“长亭外，古道边，芳草碧连天”。只有三年级以上的小学生才准游到醉翁亭。在走到醉翁亭之前，大家就被醉翁石吸引了，于是乱了队伍，男孩女孩都围着石头爬上滑下。石头早被磨得光滑发亮。小孩们都认为这是个喝醉酒的人，甚至企图把他弄醒，就用树枝戳戳醉鬼的“耳朵”“鼻孔”，或者不嫌手疼地使劲拍打。简单的游戏，却不时爆发一阵一阵的欢笑，简直快乐无比。

后来，孩子们长大了，生活平添了许多忧愁和烦恼，再上琅琊山春游，走过它的身边也就是多看一眼而已，再也欢笑不起来。因为我们那时已经初中毕业，高中没得考，整天魂不守舍。

下乡之前，我特地去看望了这块醉石。“贰醉千秋”，醉倒在这里多好啊：“醉与花鸟为交朋，卧看千峰秋月明。”

几年后，我返回城里，又急着去看望他。但是大出意料的是，醉石不见了！那么大的一块石头，足有好几吨重，能搬移到哪里去呢？几经打听，原来不知被什么人砸了。砸成了碎渣，铺在路面上了。

滁州一代人美好的童年，就这样毫无道理地被愚昧无知粉碎，无影无踪了。

“贰醉千秋”石，真的祝愿你“但愿长醉不要醒”！

木石情缘亿万年

琅琊山中生长一种天然的工艺玩品，俗话称之为“假山石”。这种假山石出产在沟壑溪流之中。琅琊山的地表土质松软，草木植被茂盛，沟壑纵横，溪流潺潺，这些都是假山石的成因条件。所以，只要你喜欢，肯漫山遍野地在溪水里刨刨扒扒，必有所获。

假山石的质地很像岩石，但是结构比岩石疏松，分量也轻得多。形体内外满是大大小小的孔洞，还有树枝、草叶、空竹、节楂、树廱，乃至小动物的骨殖化石夹杂其间。刨回家来，根据其天然纹理，再加构思创意，雕琢刻镂一番，就是极好、极美的盆景、鱼缸，乃至书桌、案头的摆饰品。大的如钵如罐，小的如碗如盏。如加以刀锉锯凿，就可以随心所欲地刻镂出心中向往的各种山峦、洞穴、亭台、渔人、舟子、樵夫等造型。像一幅立体的水墨山水画，美轮美奂。

20 世纪 60 年代，滁州一下涌现出许多养金鱼爱好者。他们用四块玻璃、半包水泥就能做出鱼缸来，再到山上刨几块假山石，到河里捞几根水草，“青山绿水郁郁红”的意境就出来了，养心啊！

后来，一位地质学家为我科普了一下：“琅琊山的假山石是很稀有的一种结晶体。它与山体岩石里的一种矿物质有关。同时也与琅琊山的地形、地貌有关。琅琊山的山体平均以50度至60度的斜坡展布。这就使得山水中的一种硬质矿物质，既能缓缓地流动，又能慢慢地结晶。而这种结晶绝不是一朝一夕用肉眼就能察觉出来的。它要经过漫长的时间，经年累月地积淀化合，才能成就。同时，由于山体熔岩差异所形成的‘岩溶石芽’，乃是亿万年前腕足类三叶虫的海绵化石。在随着溪水缓缓流动的过程中，当遇到了草根、树枝，小动物的肢体残骸，就会一点一点地吸附凝聚，成为化石，以致渐渐地发育长大。”所以，别看那些不值钱的小石块，乃是亿万年的造化之功！

亿万年，我们想象不出它的漫长，但是可以确定琅琊山的假山石，是披着亿万年前的霞光走来的。而且在这亿万年间，它内涵的石质与草木的枝叶有缘相遇了，缠缠绵绵，不离不弃，生死相依，恩爱携手，共修共渡，执子之手相携着走到了今天的时代

> “自有此山，不浚不刊，亿万斯年，造物遗功，天钟灵奇……。”
>
> （唐、独孤及《琅琊溪述》）

亿万年的等待与寻找啊！琅琊山的假山石，向我们揭示了多么辽远的时空，多么珍贵的“木石情缘”。

作秀的花中巢许

醉翁亭内有一棵千年古梅树，据说是欧阳修的手植梅。不知是什么时候，有好事者在花台上摩刻了4个大字“花中巢许”。“花中巢许”，这究竟是什么意思呀？

“巢许”是上古时代的两个“患有洁癖的人”：巢父和许由。巢父，整天爬到树上睡觉。许由，是一家许姓的部落首领。这两个人都喜欢标榜清高。

当时天下的首领叫尧，他觉得自己老了，需要找个接班人。尧听说巢不错，就去找他商量：“请你来做首领吧。”巢说，你这不是侮辱我吗？尧碰了壁，又去找许由，许由说：“岂有此理！你这话简直弄脏了我的耳朵！”把尧轰走以后，许由总觉得自己的耳朵被污染了，反反复复地擦呀抹，但还是难受，于是就跑到河边去洗。许由正洗着，恰巧巢牵着一头牛来了。巢看见许由把耳朵洗得泛红，很不理解。许由深深叹了一口气说：“你哪里知道？尧这个老头竟要拉我出来干什么‘九州长’，这不是侮辱人吗？我怎么能去干那个呢？所以我一定要把耳朵洗干净，不然一想起尧的话，耳朵就不舒服。”不料，巢听了这话说：“哎呀，我的牛饮了你的洗耳水，不是把牛嘴也弄脏了吗？”于是巢牵着牛往上游去了。

过去的人听到这个故事，心里会生起无限的崇敬。不知道现在的人听到这个故事会怎么想？也许会不可思议，觉得好笑，是作秀吧？至于吗？不干就不干呗，至于要这么做作吗？

再说了，即使你自己不想干，也可以出于公心，向尧推荐一些更合适人选嘛！一个真正有大智慧、高风亮节的人，应该是“先天下之忧而忧”啊！

当然，好事者把“花中巢许”四个字写在“欧梅”台上，本来就错了。须知，欧阳修他老爷子根本就不是遁世之人，而是入世之人啊！他一生事业都是为了治国平天下的。所以，不能把巢先生和许先生“绑架”在这里。这对于欧阳老先生来说，也算是一种“有辱斯文”吧。

疏影横斜的影香亭

这里曾是高祖庙

在大丰山顶上，有一片建筑遗迹。晨练登山的人看着一地的砖石碎末，想象着这片遗迹历史的久远，却不知曾经究竟是何建筑。据滁州旧志记载，这里可能就是曾经的汉高祖庙，是琅琊山历史上最早的建筑物。

汉高祖庙，并非汉高祖刘邦在世时所建，而是他的第四个儿子刘恒，即后来的汉文帝下诏建立的。汉文帝在八岁的时候就被封为“代王”，封地在山西晋阳（太原）。刘邦有八个儿子，刘恒是老四，这八个儿子中，刘邦最不喜欢的就是四子刘恒，觉得他不像自己的儿子。刘邦性格多豪迈啊！“大风起兮云飞扬，威加海内兮归故乡！”而这个四儿子，那么懦弱、无用，一点理想大志都没有。

刘邦死后，政权被他老婆的娘家人吕氏家族把持了很长一段时间。后来吕雉死了，刘邦的一帮旧臣陈平、周勃等斩草除根，把吕氏余孽悉数消灭以后，到晋阳把刘恒接到长安，继承了皇位。

刘恒当皇帝，在小说家的眼里也许觉得没劲。因为刘恒是个瘦弱、老实、胆小、谨慎的人，没什么戏。这与他的身世有关。刘恒的母亲薄氏是个二婚女，只是刘邦一时兴起，临幸了一下，所以她在汉皇宫毫无地位。刘邦死后，薄氏就跟着儿子刘恒到晋阳生活。那时候，这母子俩做梦也不敢想，儿子当皇帝，老娘当太后。但是历史偏偏就选择了这对“苦难”的母子。

要相信历史“一切都是最好的安排”，刘恒不但不像他老爸想象得那么糟糕，而且他理政大略，爱民宽厚，忠、孝、仁、慈，不知胜他老爸多少倍。这是他在封地晋阳就历练培养出来的能力。所以，他开创了汉代一个最辉煌的历史时期——“文景之治”。

文景之治的核心思想就是以“忠孝”治国。

汉文帝在全国各地下诏建设“高祖庙”，这是他的“忠”；为母亲“亲尝药汤”，是他的“孝”。死后，谥号“汉孝文帝”，是盖棺定论。

2300多年了，高祖庙早已被夷为平地，砖石都腐蚀为齑粉；但是《二十四孝》中汉文帝为母“亲尝药汤”的孝行，仍在流传着。

滁州文化丛书

CHUZHOU WENHUA CONGSHU

附录

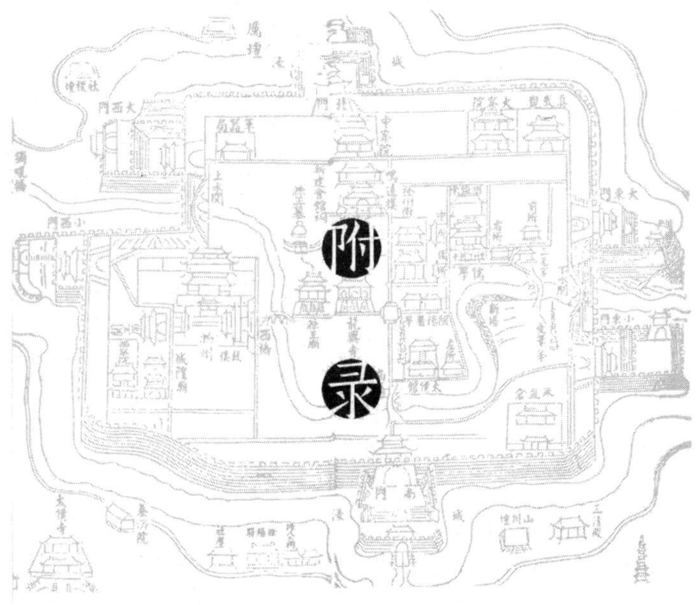

明代滁州城图

醉翁亭颂

迈着新时代的脚步，我来到你的身边，
你好，千古醉翁亭！你好，千岁老醉翁！
献一束新春的花，我瞻仰你的矍铄风采；
举一杯新酿的酒，我祝福你的千年诞辰。
曾记当年，南飞的北雁伴你贬来滁州——
带着遍体伤痕、一腔愤懑，哪堪漏船惊梦！
但是，山花开颜、野鸟鸣泉，滁州欢迎你！
为官一任，造福一方，你要做滁州的主人！
飞雪迎春，你与七十老农携手田间话墒情；
杏花初繁，你做客田家，村醪对饮数桑椹；
烈日炎炎，你率民祈雨，感天动地泣鬼神；
稻香三秋，你诗赋大有，追随箫鼓庆丰登。
三年的朝夕相处，你和滁州百姓相濡以沫，
千年的回眸守望，你对滁州大地魂牵梦萦。
年丰民乐的丰乐亭，是你永远的德政丰碑，
与民同乐的醉翁亭，是你永恒的亲切身影。
《醉翁亭记》，景行行止，让我们千年倾心；

《丰乐亭记》，高山仰止，让我们千年感动；
你的天下之忧，郁结为梅魂不散，暗香浮动；
你的天下之乐，喷涌出泉声流韵，琴樽吟咏。
今天，我来与你同醉，且听依旧泉流焕新韵；
今天，我来与你同游，且看皖东大地画图新；
今天，我来与你同乐，且喜改革开放乐岁丰；
今天，我来与你同歌，且伴世纪浪潮海洋风。
跨越千年，我们长歌赞颂，滁州古城焕然一新，
开拓未来，我们一脉传承，中华文化时代精神；
我们昂扬、我们自信、我们携手，奋力精进，
同沐新世纪春风，迎接伟大民族的伟大复兴！

（2007 年作于滁州市欧阳修千年诞辰纪念大会）

琅琊寺赋

江淮形胜，古邑滁州，吴头楚尾溯春秋。琅琊梵境，林壑深幽，千年古道苍岩岫。询琅琊山名，乃晋司马驻跸发祥之吉地也；拜兰若古刹，乃唐庶子牧滁友僧之善政也。遥想开辟之初，一吏一僧，月漏禅房，树挂绳床；劈荆榛，拓野岭；筑泉池，引逦流；煮石以餐，掬露以饮；凿崖以敷琴台，编茅以结跏趺；诗吟偈答，其所向往预期者何？其必曰，此山大乘气象可观！

迨宋以降，幸谪星照临，太守山僧结胜缘，于是儒与佛会，文与禅通，遂致醉翁亭文誉天下，法雨甘露化四方。逮及前清，有僧皓清，分灯千华，传南山正宗，寺运又得百年中兴。

民国初叶，有达修上人，重开觉路，妙净道场，再奠佛坛基宇，法脉隆祚迄至于今。

往事越千年，山寺几沧桑。当年明月在，曾照飞鸿来。岁久石虽枯，雪泥留爪痕。名山高僧两不朽，宝刹盛名遐迩传。

尤喜今日之山寺，草木欣荣，气象焕然，宏猷蓝图，鼎盛空前。此乃诸佛菩萨加持护佑之灵威所致也。且有山寺四众、护法大德续佛慧命，庄严佛土，光大琅琊，褒扬梵宇圣境，以俾佛光普照。我辈福祉，幸甚！幸甚！

（作于庚寅二〇一〇年二月）

醉翁砚记

上中学的时候，我家住的是大杂院，满院邻居全都是拉车、杀猪、砍草、剃头、做泥瓦匠的。只有一个被称作“文疯子”的文化人，据说还是大学生，国家干部。他一天到晚不肯说话，却偏偏犯了言论错误，所以被贬谪到劳动人民扎堆的地方来接受改造。

“文疯子”会拉二胡、吹笛子、吹箫、吹口琴，还会说单口相声。除了应邻居们的要求“来一段”，其他的时间就猫在屋里写字，用毛笔写小楷。

那时候，我是他屋里的常客，每天借他半边写字台的一方宝地做我的作业。他偶尔歪过头来看一眼，轻轻地念一声我写的俄语单词，我一边好笑，一边惊羡他的卷舌音，发得太好听了！

一天，他突然对我说：“我要走了，这个院子里就你一个识字的，这两样东西就送给你了，好东西啊，做个纪念吧。”说着，递给我一本软面抄，又指着桌上的砚台说：“还有这个。”

那时候，我们中学生全都热血沸腾地奔忙着“到广阔天地去，接受贫下中农的再教育”，于是把“好东西”随手置之墙根一角，再也不曾过问。

许多年以后，我有了工作，分了房子，为了保留一点点大杂院的纪念和回忆，搬家的时候就把这包“好东西”也带着了。起先这个破烂的旧纸包放在新居的任何角落都觉得刺眼。后来装点书房的时候，总觉得缺了一点“金石、翰墨”的古雅味，于是想到了这块砚台，便试着凑合着清供起来。

拂去厚厚的尘封，仔细一看，两样东西都令我惊喜不已。软面抄是一本读书笔记，上面记录了各种各样的文史知识以及心得体会，简直就是一本百科全书。尤其是关于琅琊山、醉翁亭、欧阳修的资料，直到现在仍然让我开卷有益。

砚台就更好了。擦去陈年的墨垢，我才看出这是一方砖砚，砚体是用半截残砖制成，朴拙敦厚，雕刻简洁，粗细肥瘦相得益彰，特别是砚池磨砺得婉转流动，细润如小儿嫩肤。砚边刻着三个篆字：“醉翁砚”；砚底还刻有诗文，仔细辨读，原来是欧阳修的《古瓦砚》诗；旁边还有落款：“一九六六制于向阳院扪心斋。”

想不到，我当年借光写作业的黑黢黢的半披陋屋，竟然还有个这么玄深的堂号——扪心斋！

我只知道他姓文，却不知道具体名字。想到这，我就有了很深的罪业感：受人之恩，却不知回报。连人家的名字都马马虎虎地弄不明白。“文疯子”啊——我几乎是羞愧的、无地自容的，这样轻轻地呼唤你一声。除了你和我，谁还知道“扪心斋”呢？而如今只也有这本笔记和这块砚台牵萦着我们的心缘了。

制作“醉翁砚”的砖头我是认得的，那时，我们向阳院里多得是。每年到了“水落而石出”的季节，琅琊山的树叶落地三尺厚，全院老少就会一齐出动，上山捋树叶。别看干枯的树叶泡泡乎乎的，他们打成的捆子却像石鼓一样敦实。一捆一捆地装上特制加长的小板车。有时在装车的过程中需要前后配重，就满地找砖头用。那时正是“文革”期间，醉翁亭残垣断壁，各种各样大小不同的砖头应有尽有，随车而来，也就成了院子里绊手绊脚的障碍物。——但是，其中的半截残砖却在“文疯子”的手里成就为器！而且成了我案头的至宝。

“文疯子”啊，我细读了你的笔记才知道，你为什么把欧阳修的《古瓦砚》刻在砚底？——“乃知物虽贱，当用价难攀”。砖瓦虽然贱微，而用它发墨，却胜似金玉。那时你虽然和我们一样，甚至还有冤屈、不幸，但是你“不计丑妍，意在发墨”，可见你是用心灵雕琢了这块“醉翁砚”。

“文疯子”啊，从你的笔记中我才知道，制作一方砖砚，从选材、创意、镂刻、打磨，到油浸，要经过多少复杂细致的工序啊！“醉翁砚”不但倾注了你的才艺，更是浸润了你的心血，而且更为珍贵的是，当时你在那么多的断砖碎石堆里，发现的这块断砖，可能还是一块价值连城的“汉代建筑秦时砖”呢！

“文疯子”啊，请原谅我如此不恭地称呼你。你知道吗？“扪心斋”早已随着近年滁州老东关街的拆迁而消失得无影无踪了。我的这篇小文章虽然写的很差，不登大雅，但是，如果有一天，当“老东关街”以崭新的面貌成为滁州的一条“古文化街”时，或许有人看到这篇短文，还会来寻找当年的“扪心斋”呢！半截汉朝砖，一方醉翁砚，虽然是破旧清贫的大杂院产物，但是，精神与文化的凝聚，永远“其价难攀”啊！

跋：我的感恩

写完这本书的最后一篇，我的心底油然升起了一股清凉而又温润的东西。它暖暖地、软软地，在我的胸腔里轻轻地消融着，荡漾着，溶流在全身。——它是什么呢？我想，这大概就是一种叫做“感恩”的心情吧。

今年春天的一天，我寓居深圳，突然接到了一个电话：滁州那边打来的，问仔细了，竟是鸿彬先生。哎呀，久违了！我退休已经十年，想不到是他打来了电话。鸿彬是个多才、敏捷、勤苦、能干的人。虽然我们的年龄相差二十岁，但是我们共同尊敬着一位文学的前辈，似乎就有了“同门”之谊。

他说滁州市要出版一套“地方文化”丛书，想叫我写一点有关琅琊山内容的。我推辞再三，真的，年龄不饶人，眼睛不行了，头脑不行了，睡觉也不行了。但是，感谢他还能想起我，却之不恭，那就勉力而为试试吧。为了我魂牵梦绕的琅琊山，为了滁州还记得我的父老乡亲、亲朋好友，那就再勉力一次吧。

关于琅琊山的写作素材，自从退休以后大部分都清理掉了，就连我自己写过的几本书稿也都扔掉了。所以，后来的写作过程实际上是人在电脑前坐，而心在琅琊山走——琅琊山的一丘一壑，一草一木，我没有忘记。是它们一次又一次地锻炼了我能挑百斤重担的肩膀；是它们一年又一年地重压着我羸弱的身躯让我逐渐强壮；是它们用荆棘和芒刺让我无数次地品尝着人生的痛楚，从而教我学会了忍耐和坚强；是它的风、它的雨、它的雪、它的陡峭而逼仄的小路，让我感觉到了病中的母亲，无力地倚靠着门框，风在吹着她，雨在淋着她，她的心不知多少次为我而滑倒在山路上……

如今，我再次撰写一本关于我们滁州人钟爱的琅琊山的书，我不仅尽力地写了，更是尽心地写了，因为我要感恩琅琊山。我要感恩曾经伴我一起上山劳作的街坊邻居和同学；我感恩曾经传授我大量文史知识的前辈和文友；我感恩我的语文老师曾把我写的第一篇“春游琅琊”的作文在班上作为范文朗读；我感恩我们单位乃至社会上的领导对我写作琅琊山文化的支持和鼓励；我感恩我的单位同事和社会朋友，对我写作琅琊山书稿给予的帮助、方便和称赞。